내 가게에 부모님을 고용했습니다

# 내 가게에 부모님을 고용했습니다

최윤선 지음

초판 1쇄 발행 2026년 4월 1일

발행, 편집  파이퍼 프레스
디자인  위앤드
표지 사진  정멜멜

파이퍼
서울시 마포구 신촌로2길 19, 3층
전화  070-7500-6563
이메일  team@piper.so

논픽션 플랫폼 파이퍼
piper.so

ISBN  979-11-94278-18-4  03810

본문 5, 99, 235, 236쪽의 사진은 정멜멜 작가가 촬영했습니다.
그 외의 사진은 최윤선 작가가 제공했습니다.

# 내 가게에
## 부모님을 고용했습니다

**최윤선 지음**

piper
press

## 독자 추천사

어둑하고 조용한 재개발 예정 거리에 어느 날 생긴 노란 불빛의 선술집. 홍제천 옆 또또에 처음 들어서던 날을 기억한다. 오며 가며 마음 붙일 곳이 생겨 기쁜 한편 의아했다. 어째서 이런 동네, 이 자리에 적당한 활기와 수상할 정도의 손맛을 함께 지닌 술집이 찾아왔는지, 묘하게 젊은 사장님과 나이가 평균 이상으로 지긋해 보이는 직원들은 왜 이곳을 지키고 있는 건지.

여러 계절에 걸쳐 또또를 찾았다. 추운 날씨엔 누굴 데려와도 감탄하는 부대찌개를 먹고, 봄이 오면 제철 나물을 먹었다. SNS에 새로 올라온 막걸리를 마시러 가고, 동네에 남아 있어 괜히 헛헛한 명절엔 떡국까지 얻어먹으며 어렴풋이 가늠만 해보던 또또의 이야기를, 매주 올라오는 글을 읽으며 비로소 알게 되었다. "패션 디자이너로 일하다 부모님을 동료로 모시고 한국식 선술집을 운영하고 있습니다"라는 짧은 소개만으로는 절대로 알 수 없었던 여정을, 두려움을, 슬픔을, 기쁨을, 용기를.

이 가족의 많은 것을 알아버린 채로 나는 모른 척 또또에 드나들 것이다. 민자 님의 음식을 먹고, 철균 님의 환대를 받을 것이다. 그들 옆에서 책임지는 일의 끝없는 고단함과 떳떳한 찬란함을 번갈아 겪으며 점점 노련해질 또또 사장님을 계속 지켜보고 싶기 때문이다.

앞으로도 이곳의 손님으로서 또또네 삶의 배경이 되고 싶다. 또또의 노란 불빛이 가능한 한 오래 이 거리에 계속 켜지길 바란다.

··· 정멜멜(사진가, 작가)


이 책을 읽기 전까진 또또 사장님이 부모님과 일하는 모습이 부럽기만 했어요. 건강하시고 젊은 친구들과 대화가 통하시는 귀한 어른이 요즘 같은 시대에 참 소중했어요.

연재를 시작하고 나서부터는 매주 목요일만 기다렸어요. 한 번만 읽을 수 없는 마법이 있는 것 같았어요. 읽고 또 읽어도 눈물이 났거든요. 3년 전 아버지가 돌아가셨는데 사장님이 아버지를 대하는 모습에 그때의 제가 떠올라서 한참을 울었어요.

요즘은 책을 읽는 행동에만 의미를 부여하는 시대라고 생각하는데, 이 책은 마음까지 와닿는 책이에요. 타지에 계신 부모님에게 연락하게 되는 책이라고 장담해요.

··· 이어진


몇 명의 동료와 가게를 운영하는 또 다른 자영업자로서, 동료와 함께 성실하고 다정하게 노동하고 나서 떳떳하고 개운한 마음으로 퇴근하는 일터, 그러면서도 미래에 생계를 꾸려갈 수 있는 일터를 일구는 이야기를 바라왔어요.

손님이 번거로워하는 일들을 기꺼운 마음으로 하고, 동료의

개선점보다 멋진 경력과 장점에 스포트라이트를 비춰 알리며 그걸 브랜드로 만들고, 무조건 '많이 버는 사업체'로서의 일터가 아닌 동료들이 자신의 시간을 바쳐 일할 만한 노동 공동체로서의 일터가 되기 위해 노력하고, 취약한 지점에 대해서도 솔직하게 공유하며 앞으로 나아가는 윤선 님의 이야기가 저에게는 어떤 자기계발서, 경영서보다 더 재밌고 유익하게 읽혔습니다. 저는 이 책이 에세이가 아닌 경영서라고 생각합니다.

꾹꾹 단정하게 눌러쓴 이야기 속에 정말 긴 세월이 느껴져 얼마나 많은 감정과 시간을 끄집어내서 돌아봤을까, 이렇게 간결한 언어로 정리하기 위해 얼마나 많이 쓰고 지우기를 반복하셨을까 생각이 들어 읽는 동안 종종 눈물이 나기도 했어요.

자영업자 필독서, 동료와 일하는 누구에게나 필독서입니다.

··· 강보혜


'내 가게에 부모님을 고용했습니다'는 어쩌면 현대사에 관한 이야기다. 1990년대 평택, 가난의 블랙홀을 지나온 또또가 연희동 모퉁이에서 운명의 부대찌개와 함께 부모님을 시니어 스태프로 교육하고, 한 명 한 명의 직원을 확장된 가족으로 받아들이며, 선술집 안에서 추억과 동료애를 만들고 직장과 삶 사이의 균형을 지켜가는 이야기. 눈을 크게 뜨지 않으면 흐르는 눈물을 설명할 도리가 없다.

··· 명국씨

철균 님이 인터넷 세상에 접속하셔서 매회 달아주신 대댓글이 인상 깊었습니다. 울음 참다가 늘 거기서 울었어요. 사실 관찰자 입장에서 또또가 영민하다고 생각했어요. 의외의 조합에서 오는 기발함이 꽤 트렌디하다고도 생각했었습니다. 그런데 읽으면서 생각이 많이 바뀌었습니다.

"또또란 곳은 정말 좋은 기획은 맞지만, 연출은 아니구나."

연극인 줄 알았는데, 읽다 보니 다큐멘터리로 느껴집니다.

··· 홍 연길


올해의 고백. 탄탄한 콘텐츠와 그 속에 담긴 이야기는 얼마나 큰 설득력을 가질 수 있는가. 성심으로 눌러쓴 조용한 수다는 독자를 울고 웃게 하고, 또또로 향하게 만든다. 꾸며진 말보다, 매일의 내러티브가 지니는 밀도를 보여주는 글이다.

··· 박기철


아버지께서 어머니가 더운 공간에서 일하느라 힘들다고 딸에게 이야기한 부분을 읽으면서 뭉클했습니다. 점점 개인주의가 만연하는 시대. 한 가족이 작은 가게를 꾸리면서 다시금 서로의 소중함을 깨닫는 귀한 이야기라 추천합니다.

··· 히라리

힘겹게 도착한 또또의 첫인상은 잔잔하고 듣기 좋은 음악이 나오고, 술 마시며 대화하기 적당한 조도였어요. 추운 겨울이었지만 작은 가게에는 훈기가 가득 차 있었어요. 포근하고 기분 좋은 곳에 들어왔다는 신기한 느낌이 들었어요. 지금 생각해 보면 맞아주시는 환한 얼굴 덕분이었던 것 같아요. 부대찌개 한 입을 먹고 행복감이 밀려들었어요.

연재 글을 읽으며 또또에서 만든 추억이 많이 떠올랐어요. 인근 공원에 누군가가 만들어둔 눈사람과 같이 사진 찍은 기억, 홍제천 철봉이나 운동 기구에 매달리며 꽉 찬 위장의 소화를 도왔던 기억, 크리스마스에 "메리 크리스마스" 하며 맞아주시던 철균 님의 인사.

철균 님을 보고 '어떻게 저렇게 신사적이며 적당히 유머러스한 어르신이 있을 수 있지?'라고 생각했는데 그 뒤에는 사장님의 단호한 노력이 들어가 있었어요. 그에 맞춰 노력하셨을 철균 님의 마음, 젊은 동료분들과 어르신 동료분들이 서로를 위해 했을 노력을 살펴 읽으며 또또의 구성원은 단순히 음식을 판매하는 것 이상의 일을 만들어 가고 계신다고 생각했어요. 저 같은 사람은 또또에 가서 행복해지고 마음이 충만해지기 때문이에요.

가족 이야기가 나올 땐 눈물이 고이고, 귀여운 에피소드를 읽을 때는 웃음이 나요. 많은 감정을 느끼고 좋은 태도를 배웠어요.

··· 명근성일의 딸 지수

또또에 가면 항상 대접받는 기분이 듭니다. 연재를 읽어보니 그 이유를 알았어요. 서로를 아끼고 다정히 대하며 애틋해하기 때문이라는 걸요. 가족의 소중함을 누구보다 잘 알고, 서로의 다름을 있는 그대로 바라보기 위한 귀여운 재치들이 있었기에 자연스럽게 존중이 배어 나왔다는 것을요.

… 김혜린

자신의 사업을 하고 싶은 사람, 하고 있는 사람에게 추천하고 싶어요. 나는 어떤 마음으로 사업을 시작했는지 돌아보게 되었어요. 좋은 마음, 좋은 태도를 가지고 일하면 결국 노력은 보상받을 수 있다는 메시지를 주는 이야기였어요.

… 김선욱

이 책의 바탕이 된 글들은 2025년 10월부터 12월까지 파이퍼 프레스 웹사이트(https://piper.so)에서 매주 독자들을 만났습니다. 연재를 구독하며 추천사를 보내주신 분들, 그리고 연재 기간 댓글과 좋아요로 응원해 주신 모든 분들께 깊이 감사드립니다.

# 프롤로그

"대표님이.좋아하는.명란.아침식사.가게로.오세요."

점심시간이 훌쩍 지났을 무렵, 여느 때처럼 그날의 상차림이 담긴 사진과 함께 아빠의 메시지가 도착해요. 새벽까지 일터에 있다가 또다시 가게로 나가야 하는 발걸음이 무겁지만 언제나 저보다 먼저 출근해 장사를 준비하는 부모님의 부지런함을 떠올리며 마음을 정돈하고 작은 선술집으로 향합니다. 늦은 시간까지 화기애애하게 밤을 밝혀주었던 손님들의 온기가 남은 정다운 술집에서 우리 가족은 함께 모여 늦은 아침 식사로 하루를 시작합니다.

'또또'는 가족이 함께 운영하는 한국식 선술집입니다. 엄마는 요리를 도맡아 하는 조리 실장님, 아빠는 홀 서빙과 시장 사입을 담당하는 인턴 철균 님, 저는 두 분의 딸이자 사장의 역할로 이곳에서 일하고 있어요. 2022년 12월부터 시작해 어느덧 5년 차를 맞이했습니다.

평범한 직장인이었던 저는 고향에서 재정적 어려움을 겪고 계신 연로한 부모님을 서울로 모셔 와 빚을 내어 장사를 시작했습니다. 제 가게에 부모님을 고용하는 방식으로 함께 일하며 두 분의 부양을 책임지기 위해서였어요. 처음 하는 일이 늘 그렇듯, 가녀장으로서의 삶은 매일의 실수 안에서 멀어지는 용기를 붙잡고 내일로 가는 연습이었어요.

작은 물줄기가 모여 강이 되듯, 강가에서 사람들이 쉬어가듯, 울고 웃는 삶의 반복 속에 우리 가족과 작은 선술집이 자라났고 그곳에서 손님들이 쉬어갔습니다.

"너는 이제 살았다."

3년 차가 되었을 무렵, 늘 조마조마한 마음으로 딸을 응원하셨을 아빠가 안도하듯 저에게 말씀하셨어요. 무언가를 책임진다는 건 도망칠 수 없어 어렵고 그렇기에 의미 있는 일이라는 것을 깨닫고 있을 즈음이었습니다.

"장사하는 사람에게는 그날의 매출이 일기 예보야. 오늘 날씨는 좋았니?"

영업이 끝나면 엄마는 사장인 저의 표정을 살피며 묻곤

하셨습니다. 부모님의 걱정과 달리 저는 매일 다른 날씨가 늘 감사했어요. 비가 오는 날엔 우산을 쓸 수 있어 좋고, 눈이 오는 날엔 눈사람을 만들 수 있어서 좋은 것처럼요. 매일이 화창하지 않아 계절이 더 아름다운 것은 아닐까요? 곁에서 함께해 주는 가족 동료들이 있고, 세상에 아름답고 멋진 술집들이 즐비한데도 또또를 선택해 주시는 손님들이 있다는 게 꿈만 같았습니다. 간절한 마음으로 시작한 생계형 선술집에서의 사계절은 아름다웠어요.

가게에서 쓸 물티슈를 채우며 문득 생각했어요. '아, 물티슈는 서로를 위할 때 쓰는 물건이구나.' 손님들을 지켜보면 본인의 필요로 물티슈를 요청하는 경우는 많지 않았어요. 함께 있는 친구에게 마음을 쓸 때 건네는 애정 어린 물건이었습니다. 저는 어떤 모양의 삶을 살든 평범한 일상에서 사소하지만 근사한 삶의 힌트를 찾는 것이 인생의 전부일지도 모른다고 생각하며 살아가고 있어요. 세계를 움직이는 힘은 작은 일들의 의미를 발견하는 것에서 시작된다고 믿으면서요.

이 책은 그런 저의 눈으로 본, 주어진 운명에 변명 없이 독립하기 위해 씩씩하게 살아가는 가녀장의 애틋한 비밀에 관한 이야기입니다. 동시에 손님들에게 부담이 되지 않기 위해 젊어 보이려 스투시 모자를 눌러쓴 70대 인턴 철균 님의 이야기이자, 가족의 생계를 위해 자신의 이름을 건 요리를 자부심으로 준비하는 38년 차 조리 실장 민자 님의 이야기이기도 합니다. 그리고 매 순간 각자의 자리에서 고군분투하고 있는 우리 모두와 닮아있는 이야기일 것이라고 믿습니다.

## 목차

1

또또포차의
또또

# 기특한 또또

　기억이 나지 않을 정도로 어릴 때부터 저는 '또또'로 불려왔습니다. 집안의 장손이라는 이유로 아들을 바랐던 아빠가 산부인과에서 둘째가 또 딸인 걸 알고 말을 더듬었다고 해요. "또… 또 딸이야?" 그때부터 지금까지도 저는 가족들에게 이름보다 또또로 더 많이 불려왔어요. 별명의 유래는 '똑똑해서 또또였다', '강아지처럼 귀여워서 또또였다' 등으로 각색되었지만요. 언제 어디서든, 친지 친척까지 모두 저를 부를 땐 "또또야~" 하곤 했습니다. "손님, 여기에 강아지를 데려오시면 안 돼요." 마트에서 큰 소리로 저를 부르던 엄마를 제지하던 분도 있었죠.

　어릴 때는 조금 쑥스러웠지만 이제는 이 애칭에 신묘한 힘이 있다고 믿어요. '자영업은 절대 하지 말아야지' 했던 유년 시절을 지나 결국 지금 또또가 또또를 운영하고 있으니까요. 인생은 알 수 없고 별명은 좀처럼 나이 들지 않나 봅니다. 또또로 살아온 어렵고 행복한 시간 모두가 애틋하고 귀여운 기억으로 남았어요.

부모님은 제가 태어나기도 전에 백반집 '깻묵이네'를 시작해 20년 동안 운영하셨어요. 솥뚜껑 삼겹살, 부대찌 개, 김치찌개, 순두부찌개를 비롯해 열무 비빔밥, 냉면 등 없는 것 없이 한식 일체를 다루는 식당이었어요. 엄마는 양품점을 운영하다 생계를 위해 요리사가 되었고 소규모 회사를 다니던 아빠는 청년 시절 몰았던 바이크 실력을 활용해 깻묵이네의 배달원이 되셨습니다.

당시에는 '대놓고 먹는' 월별 결제, 식권 결제가 호황이었어요. 공사장이나 크고 작은 회사들이 약속된 식당에서 점심을 먹거나 배달받아 식사를 하는 방식이었죠. 그래서 엄마는 매일 다섯 가지 이상의 반찬을 다르게 만들어야 했어요.

주방이 홀만큼 컸기 때문인지, 엄마가 서툰 주방장이셨기 때문인지 주방에는 그네리 할머니(고향이 평택시 근내리인 요리사님)와 주방 할머니(메인 셰프)가 계셨고 배달 팀에는 오랜 배달 경력의 환봉이 삼촌이 함께하셨어요. 부모님이 열심히 생계를 꾸려나가는 동안 저는 깻묵이네에서 유년 시절을 보내며 자랐습니다. 주말이면 일주일을 기다려 왔던 『TV 동물농장』이나 절찬리에 방영했던 『디즈니 만화동산』 같은 것을 포기하고 가게로 향했어요.

그때는 플라스틱 용기 하나 없이, 수저까지 직접 포장해서 준비해 배달하고 그릇을 회수하는 시스템이었기 때문에 할 일이 참 많았어요. 어린 또또는 수저를 포장지에 감싸는 일, 반찬을 5구 반찬 접시에 담아 랩으로 감싸는 일, 배달 팀이 무사히 배달을 완수할 수 있게 철가방에 균형을 맞춰 담는 일을 했습니다. 저의 고향인 경기도 평택 시내에 있는 초등학교를 다니는 어린이들 대부분은 자영업자의 자제들이었어요. 간판 가게 하는 애, 분식집 하는 애, 문구점 하는 애…. 저는 그중에 '음식점 하는 애'였죠.

누구보다 이른 하루를 시작하는 깻묵이네에는 고소한 음식 냄새와 함께 활기가 가득했어요. 어른들의 상기된 표정을 따라 저도 일사불란하게 크고 작은 일들을 도왔죠.

여기저기서 "또또야~" 하면 가벼운 움직임으로 어른들이 주문하는 일들을 빠르게 해냈습니다. "또또는 몸이 재다, 지 엄마 닮은 것 같아." 그네리 할머니와 주방 할머니가 말씀하시곤 했죠.

배달이 밀려 전화기에 불이 나면 가까운 곳에는 은쟁반을 들고 배달도 갔어요. 지급 방법이 현금뿐이었기에 배달 후 손님들이 주시는 돈을 주머니에 넣고 깻묵이네의 돈통까지 걷는 길에 심장이 콩닥콩닥했던 기억이 나요. 어린 또또에게 오천 원은 오십만 원 같았죠. "또또, 배달 사고 나는 거 아니야?" 돈을 쥐여주던 어른들은 같은 농담을 하곤 했어요. 일을 도우며 보는 많은 현금들은 어린이에겐 너무나 황홀한 이미지여서 깻묵이네가, 우리 가족이 곧 부자가 될 것만 같아 마음이 일렁였습니다.

초등학교 고학년이 되어서는 가게 일을 돕는 게 쑥스러워지기 시작했어요. 반 친구들이나 제 또래의 아이들이 있는 가족 단위 손님들이 식사를 하러 올 때가 특히 그랬죠.

양념게장이 기본 찬으로 2인당 한 접시씩 나가곤 했는데, 친구네 가족이 오면 무한 리필처럼 게장을 내어주며 저의 입지를 은근하게 과시했어요. 이왕 이렇게 된 거 친구들 앞에서 여유 있고 멋지게 보이고 싶었던 거죠. 그럴 때 주방에서 엄마나 할머니가 "또또야~" 하고 부르면 금세 시무룩해졌어요. "너 별명이 또또야?" 가게에 손님으로 온 친구들은 웃으며 놀리듯이 묻곤 했고, 친구의 가족들은 저에게 기특하다며 용돈을 주셨어요.

"어린 친구가 장하다, 장해. 엄마를 다 돕고."

하지만 기특한 또또는 그냥 만들어진 것이 아니었어요. 가족이 생활하는 월세방은 깻묵이네가 있는 건물의 옥상에 있었어요. 가게의 음료 냉장고 옆 벽에 달린 하얀 인터폰이 살림집과 가게를 연결해 주었죠. 하교하고 집에 있으면 얼마 지나지 않아 인터폰이 울렸습니다. 지금 생각해 보면 그 동네에서 제일 바쁜 어린이였던 것 같아요. 부모님을 대신해 빨래를 개다가도, 설거지하다가도 인터폰이 울리곤 했으니까요. 저의 안부를 묻는 일부터 가게의 도움을 요청하는 일까지, 수화기 너머의 이야기는 모두 이렇게 시작했어요. "또또야~"

땅에서 하늘까지 노래 열창하는 모습.
94. 1. 2. 최 또또 (윤서).

# 가난의 블랙홀

제가 다니던 고등학교는 급식 카드를 패드에 찍고 식당에 입장해 점심을 먹는 방식이었어요. 점심시간이 되면 교내엔 맛있는 냄새와 함께 "띠링" 하고 점심을 알리는 경쾌한 입장 소리가 익숙하게 연쇄적으로 울렸죠. 급식비를 내지 않으면 "관리자에게 문의하세요"라는 멘트가 나왔습니다. 그 소리가 울리면 코너에 대기하고 있던 영양사 선생님과 대면해야 했어요. 저는 주기적으로 영양사 선생님을 만나는 학생 중 하나였어요. 돈을 내지 못해도 몇 번씩이나 급식을 먹게 해주셨지만 먼저 간 친구들을 보며 다시 줄을 서기가 멋쩍어서 그대로 교실로 돌아가는 날도 있었고, 어느 날은 돈을 내지 않았는데도 입장이 되기도 했습니다. 마치 룰렛 게임 같은 점심시간이 지나면 해맑은 얼굴이 종종 배고픈 얼굴이 되곤 했어요.

주어진 환경에서 제가 해야 할 일을 알았기 때문에 교복을 입은 채로도 부모님의 일을 도왔어요. 전보다 일하는 시간은 줄었지만 어린 시절부터 줄곧 투잡을 뛴 기분인데 저와 우리 가족은 왜 여전히 경제적으로 어려운지, 공부를 할수록 배가 고플수록 의아했어요. 깻묵이네가 미웠습니다. 가족 모두에게 일상을 보낼 시간적 여유를 주지도 않으면서 경제적인 보상도 없다니…. 돈통에 지폐는 다 어디로 간 걸까요? 이유 모를 블랙홀에 빠진 기분이었어요.

고등학교 졸업을 앞두고 있을 때쯤, 활기를 잃은 깻묵이네를 보며 부모님의 어려움을 짐작할 수 있었어요. 끼니를 대주었던 거래처 대부분이 회사나 단체, 공사 현장이었는데 2000년대에 들어서며 경기가 급격히 나빠져 부도가 났던 거예요. 회사별로 수첩에 식사 횟수를 적거나 식권을 모아두고 월별 결제나 어음으로 정산받는 방식이었기 때문에 제때 정산을 받지 않으면 운영이 어려웠어요. 정산 대금을 받지 못하는 횟수가 늘어나자 아빠는 배달을 하다 말고 자꾸만 사라지셨습니다. 식사를 대주었던 거래처에 밥을 드셨으면 돈을 달라고, 당연한 이야기를 전하러 다니셨죠. 어느 공사 현장은 계약이 무산되어 3개월 치 식사 비용을 밀린 채 하루아침에 감쪽같이 사라지기도 했어요. 가게에서 쓰는 채소며 정육, 주류도 월별 결제로 지급하는 방식으로 운영해 왔기 때문에 매달 말일에 아빠가 겪었을 압박감과 두려움은 상상하기 어려웠습니다.

거래처들이 소리 소문 없이 폐업하며 깻묵이네도 폐업 절차에 들어갔어요. 친구가 어려우면 같이 어려워지는 도미노 같은 경기 침체였어요. 믿었던 거래처들이 깻묵이네를, 깻묵이네가 그네리 할머니와 주방 할머니를 어렵게 만들었어요. 20년 동안의 추억을 등진 채 밀린 월급 정산도 제때 해드리지 못했죠. 빚을 떠안게 된 엄마는 가게를 비울 수 없어서 폐업할 때까지 매일 3평 남짓의 주방에 계셨습니다. 그곳에 몸담았던 아득한 세월이, 할머니들과의 추억이 빚으로 남은 채로요.

당시에는 임대차 보호법도 개정되지 않은 터라 영업이 자리를 잡으면 이사를 하기 일쑤였어요. 월세와 보증금이 천정부지로 올랐기 때문에 20년 동안 가게는 네 번이나 자리를 옮겼습니다. 최선을 다해 살아내야 본전인 시대였어요. 그 세월 안에는 속절없이 버텨야 했던 IMF까지 있었죠. 그래서 엄마의 요리 솜씨, 아빠의 수많은 배달의 날들과 상관없이 가족의 경제적인 상황이 나아지지 않았던 거예요.

이 모든 어려움을 이해하는 데에 유년 시절부터 대학생이 되기까지의 시간이 걸렸어요. '우리 집은 열심히 사는데 왜 돈이 없을까?', '왜 남들처럼 전셋집 한 번을 살지 못할까?' 어디에도 묻지 못했던 물음들이 어느 정도 해소되고 있었어요. 한편으로는 경제적인 문제의 원인을 바깥에서 찾아낸 것이 다행스럽기도 했어요. 거래처나 임대인을 탓할 수 있으니 저는 더 이상 깻묵이네를 미워하지 않아도 되었죠.

홀의 샛노란 장판, 몸통만 한 물통을 끼워야 했던 정수기, 매일 기름으로 닦아주었던 무거운 솥뚜껑, 누르면 경쾌한 소리가 울리던 흑회색 돈통, 나를 부르던 빛바랜 인터폰, 너무 많이 펼쳐 손만 대면 페이지가 열리던 영업 장부, 언제나 과열되어 있던 검붉은 오토바이, 하교 후 주방 할머니가 해주신 동태 대가리 조림, 주방 할아버지가 태워주셨던 목마, 집안일을 부탁하던 엄마의 지친 눈, 길을 걷다 배달 중인 아빠가 보이면 숨었던 어리석은 지난날들. 그리고 언제 마주칠지 모르는 딸을 위해 늘 오토바이에 싣고 다녔던 아빠의 빙그레 요구르트. 어쩌면 집보다도 더 많은 기억을 쌓았던 깻묵이네가, 그곳에서 보냈던 또또의 유년 시절이 그렇게 과거의 일로 흘러갔어요.

폐업 후 엄마는 찜질방에 딸린 작은 식당이나 또 다른 백반집에서, 아빠는 서울 메트로의 기차 정비원으로 일하셨어요. 그 사이 저는 대학생이 되었습니다. 풍족하지 못한 현실에서 벗어나고 싶었기 때문에 공부를 곧잘 했어요. 그런데 저의 공부엔 목적이 없었어요. 궁금한 세상이나 되고 싶었던 모습, 경험하고 싶었던 직업이 없었기 때문입니다. 중학생 때는 장래 희망에 '보통 사람'이라고 적어서 선생님이 면담을 진행하셨던 기억이 나요. "하고 싶은 게 아직도 없니?" 고3 담임 선생님도 여전히 저에게 묻고 있었습니다.

우리나라에서 학비가 가장 저렴하다는 지방의 국립대에 들어갔어요. 생활비 대출을 받아 대학 생활을 하고 일부 생활비를 집에 보냈습니다. 장학금을 받거나 패밀리 레스토랑에서 일하면서 돈을 모아 학교에 다녔어요. 한 번도 배우고 싶었던 적 없었던 불어를 공부하며 이유나 목적이 없는 '될 대로 돼라' 식의 대학 생활을 했던 것 같아요. 한번은 원어민 교수님이었던 몽제가 회화 시간에 물었어요. "Comment va papa?(아빠는 잘 지내셔?)" 제가 대답했죠. "Papa n'est pas là.(아빠 안 계세요.)" 교수님은 "Oh la la. Oh la la. Je suis désolé.(울랄라 울랄라. 미안해.)"라고 하셨고 저는 웃으며 대답했죠. "C'est pas grave.(괜찮아요.)" 이후에 학과의 몇몇 친구들은 저에게 가족이 없는 줄 알기도 했어요. 저는 제가 어떻게 보이든 괜찮았어요. 대학 생활의 로망 같은 건 없었고, 단지 불안하지 않고 평안한 삶을 꿈꿨

깻묵이네에서 엄마와 주방 할머니

죠. 평안한 삶은 지금 생각해 봐도 어려운 것인데, 그때는 저에게만 없는 기분이었어요.

　가족과 떨어져 지내는 생활이 편하기도 했지만, 마음만은 늘 고향으로 흐르고 있었어요. 아르바이트를 많이 해서 생활비가 넉넉한 달엔 가족들에게 미안하기도 했죠. 스스로를 책임질 수 있는 나이가 되니 더 잘 알게 되었어요. 우리 가족을 둘러싼 가난의 블랙홀의 실체를요.

성실과 우아함

제가 스무 살이 되었을 무렵 엄마는 생계유지를 위해 공터에 주황색 천막을 치고 포차를 운영하기 시작하셨어요. 외갓집이 있었던 공터의 재개발이 확정되면서 잠시 기회가 주어진 덕분이었죠. 엄마는 당시의 시대 분위기 안에서 술을 판매하는 일에 쉽사리 용기가 나지 않아 무던하게 살아가는 둘째 딸의 기운을 받고자 상호를 '또또포차'로 정했다고 말씀하셨어요.

"삶에 언제나 행운이 따르는 긍정적인 아이의 힘을 받고 싶었지."

대학교 기숙사비가 없어서 왕복 여섯 시간을 버스로 통학하던 시절, 늦은 밤이 되어서야 도착한 동네 어귀에서 어슴푸레한 포차의 불빛을 따라 걷는 길엔 새벽을 여는 술장사를 시작한 엄마가 내심 걱정이 되어서 울적했어요. 오래 버스를 타서인지 여러 생각으로 침잠해 있을 때 주황 천막 안으로 고개를 내밀면 오밤중에도 환한 에너지로 반겨주는 반짝거리는 엄마가 있었어요. 색색의 꽃과 화분들,

저는 알지 못하는 오래된 영화 포스터들이 갈 때마다 하나씩 더해져 있었죠. 제 걱정이 무색하게 20년 경력의 주방장에게 작은 포장마차는 놀이터나 다름없었던 거예요.

엄마는 해산물을 다룰 수족관이 없으면 빨간 고무 대야에 조개 따위를 넣어두고 빨대로 수시로 공기를 불어 넣으며 소녀처럼 웃었고, 좋아하는 음악을 크게 틀어두고 심심하고 호기심 어린 얼굴로 저와 손님들을 기다리셨어요. 그곳은 허름해도 쫓겨날 일 없는 오롯한 엄마의 공간이었어요. 엄마는 또또포차를 시작하며 다시 꽃처럼 피어나셨어요. 아름답고 씩씩한 주황색 꽃으로요.

얼마쯤 지났을까, 작은 포차는 앉을 자리가 없을 만큼 북적였어요. 이제는 하교 후 가게에 들르는 게 버겁게 느껴졌죠. 포차 안엔 담배 연기가 자욱했고, 가라앉지 않은 버스 멀미에 탁한 공기가 뒤섞이니 어지러웠어요. 그래도 곧바로 가방을 내려놓고 능숙하게 일손을 보탰습니다. 여름에는 달큼한 화채를 만들고 겨울에는 등유 난로 위에 고구마를 구워 손님들과 나누는 엄마의 정성으로 작은 포차는 동네 사랑방이 되어갔어요. 오랜 장사 경력과 손맛은 어디 가지 않는 것이었어요. 문전성시를 이루던 포장마차는 곧 실내포차로 나아갔고 일손이 부족해져 깻묵이네 시절 메인 셰프였던 주방 할머니를 다시 모셔 왔어요. 아빠도 퇴근 후엔 포차 일에 합류하셨죠. 손발이 맞는 깻묵이네 식구들이 다시 한자리에 모인 거예요. 회식을 해도 3차까지, 해 뜰 때까지 술과 안주를 먹으며 회포를 풀던 선술집의 호황기였기에 가능한 일이었습니다.

서울에서 직장 생활을 하게 되었을 때도 주말이면 종종 고향에 내려가 부모님의 일을 도왔어요. 그리운 부모님과 시간을 보내려면 여전히 가게에서 일을 돕는 방법으로만 가능했죠. 자취 집으로 돌아가는 길엔 부대찌개와 김치, 두루치기 등 또또포차의 메뉴가 양손 가득 무겁게 들린 채로 기차에 올랐습니다. 회사 일이 바빠 집에서 끼니를 챙기지 못했지만, 엄마가 손에 들려주신 음식은 모두 꼬박꼬박 받아왔어요. 북적이는 손님 틈에서 엄마가 보고 싶었던 딸을 안아주는 방법은 그뿐이었다는 것을 잘 알고 있었거든요. 혹여나 기차에서 음식 냄새가 새어나갈까 봐 갖고 있는 옷가지로 짐을 둘둘 싸매며 자주 생각했어요.

'꼭 성공해서 엄마 아빠를 또또포차에서 구해줘야지'

하지만 나이를 먹을수록 가진 게 없는 상태에서 돈을 모으는 게 얼마나 힘든지가 현실로 다가왔어요.

이제는 직장 생활도 제법 익숙해졌고, 어떤 회사에 가서도 책임감 있게 임하며 대부분 잘해낼 수 있었지만 역시나 자립은 쉽지 않았어요. '그동안 부모님은 얼마나 고단했고 얼마나 부지런하셨던 걸까?' '돈이 없었는데 자식 둘을 어떻게 키워낸 걸까?' '혹시 그래서 내가 이렇게밖에 안 된 걸까?' 본격적인 경제 활동을 시작하고는 '행운의 또또'의 기운이 흐릿해지는 기분이 들었어요. 그럴 때면 성실하고 건강한 에너지를 얻으러 부모님이 계신 또또포차를 찾아 갔습니다.

"아이고야, 서울에서 또또가 왔네. 얘가 또또예요, 또
또!" 아버지가 우렁찬 목소리로 손님들에게 외치시면 저는
서울에서 사 온 크리스피 도넛 같은 걸 하나씩 들고 테이
블마다 순회 인사를 돌았어요.

"안녕하세요. 제가 그… 또또포차의 또또입니다."

피곤하고 쑥스러웠던 적도 많았지만, 이런 세리머니가
부모님께는 신묘한 힘이 된다는 것을 알고 있었어요. 뭐랄
까요…. 마치 '우리는 이래도 우리 딸은 서울에 번듯한 직
장에 다녀요' 같은 느낌으로요.

엄마의 안주가 얼마나 훌륭한지, 아빠의 서비스가 사람
들을 얼마나 기분 좋게 하는지 그리고 그 능력을 매일 성
실하게 쓰는 것이 얼마나 우아한 삶인지 부모님은 모르시
는 것 같았어요. 서울의 또또가 얼마나 빛 좋은 개살구인
지도요. 그래서 자랑스러운 서울의 또또는 고향에 자주 내
려갔습니다. 번듯한 직장이 없을 때도 진실은 저 너머에
숨기고요.

그렇게 또또포차는 지난날의 설움을 다 갚는 듯 보였어요. 그런데 고향인 경기도 평택에 메르스 팬데믹이 찾아왔습니다. 메르스는 일부 지역에서 시작되어 산발적으로 퍼져나갔는데 그 시초가 하필 부모님이 계신 곳이었어요. 이때 찾아온 경기 침체는 3년간 계속됐어요. 또또포차는 금세 폐업의 위기를 맞이했습니다. 이후에는 오랜 불경기를 지나 코로나 팬데믹이 찾아왔어요. 그 이후의 이야기는 아마 상상하실 수 있겠죠. 우리는 모두 각자의 자리에서 겪은 팬데믹을 잊을 수 없을 테니까요.

이제 행운의 또또는 고향에서도 서울에서도 찾아볼 수 없었어요.

# 너는 나의 자랑이야

또또포차를 폐업할 때 엄마가 많이 아프셨어요. 수술이 필요한 두 종류의 암에 걸리셨죠. 슬픔은 둘째 치고 포차의 작은 주방에서 13년 동안 밤낮으로 희망의 불을 지폈던 엄마의 다음이 이것이라는 게 믿기지 않았어요. 아빠가 회사 일과 또또포차 일을 병행하실 때 건강에 큰 고비를 겪고 심장 박동기를 이식하셨던 적이 있기 때문에 가족 앞에 펼쳐진 삶이 더욱 비현실적으로 느껴졌어요.

살면서 저에게는 큰 질문 같은 게 없었습니다. 엄마가 기억하는 딸의 모습대로 바라는 게 많지 않은 긍정적인 운명론자였죠. 그런데 한 가지 제가 극복하지 못하는, 영영 알 수 없으려나 싶었던 궁금증이 있었어요.

'왜 하늘은 스스로 돕는 자를 돕지 않을까요?'

이때 처음으로 행운의 또또가 무너졌어요. 직장에서 옷을 만들고 입히며 일상적인 날들을 보내고 있었는데 갑자기 말을 더듬기 시작했습니다. 문장 연결이 안 되어 의사소통이 쉽지 않았고 웃고 있어도 눈물이 났어요. 낯섦과 불편을 감수하면서도 용기 있게 살아온 엄마 아빠의 마지막 기회를 하늘은 왜 도와주시지 않는 걸까요?

업무를 볼 수 없으니 정신의학과에 찾아갔어요. 자가 진단 질문지의 수많은 물음에 답하다 보니 저는 우울하지도 않고 슬퍼지도도 않고 있었어요. 딱 하나 '완전 그렇다'로 표시했던 건 이 질문이었어요.

"당신은 지금 함정에 빠졌습니까?"

질문지를 보고 뇌파 검사를 진행한 뒤 의사 선생님은 결과지를 보며 말씀하셨습니다.

"자율 신경계에 인지부조화가 생겼습니다. 쉽게 이야기하자면 화병이에요."

저는 그때 자각했어요. 부모님의 어려움을 평생에 걸쳐 가까이에서 봐서 가장 잘 알고 있었으면서 아무것도 되지 못한 스스로에게 크게 화나 있었다는 걸 말이죠. 비교적 평온하게 지냈던 제 일상과 오랜 팬데믹에 힘겹게 영업을 이어갔을 연로한 부모님의 삶은 완전히 대비되는 것이었어요.

어려운 현실을 피하지 않고 늘 용기 내어 움직이는 부모님에 비해 저는 성공해서 부모님을 구해드리기는커녕 되고 싶은 모습도 찾지 못한 채 작은 세계에 안주해 왔어요. 어릴 때부터 줄곧 그저 평온하기만, 안전하기만을 바랐죠. 그러려면 극복해야 하는 것들이 많았는데 극복하려 하지도 않았어요. 어쩌면 이따금 고향에 내려가 일을 도운 것은 이룬 것 없는 삼십대 초반의 저를 스스로 방어하기 위함이 아니었을까요. 고군분투하는 부모님을 보며 '이런 삶보다는 지금의 내 삶이 더 안전해' 하면서요. 보잘것없이 어리고 초라한 저를 인정하고 나니 그제야 출근길의 여유로운 커피 한 잔이 왜 그토록 미안하고 외로웠는지 알게 되었어요.

드라마 『인간실격』에서 전도연 배우가 폐지를 주우며 생활하는 아버지에게 이런 이야기를 해요.

"아버지, 나는 아무것도 못 됐어요. 세상에 태어나서 아무것도 못 됐어. 결국 아무것도 못 될 것 같아요. 그래서 너무 외로워."

저는 이 장면을 오래 기억하고 있어요. 아버지가 말하거든요.

"너는 나의 자랑이야."

아무것도 되지 못했다고 스스로를 채근할 때도 부모님은 언제나 저의 선택을 지지해 주었고 늘 자랑으로 여기셨어요. 그런 부모님이 용감하게 공터에 주황색 천막을 펼치고 저의 애칭을 붙여 만든 또또포차는 가족에게 애틋한 방공호였습니다. 그래서 깻묵이네처럼 과거의 일로 흘러가 상실로 남겨져서는 안 된다고 생각했어요.

한 번도 나의 의지로 생의 한가운데에 진정으로 뛰어들어본 적 없다는 생각이 들었을 때, 연로하고 병든 부모님과 폐업을 앞둔 또또포차가 보였어요.

희망의 말로 이야기하자면, 마침내 가녀장이 될 준비를 마친 또또와 35년 경력의 베테랑 주방장, 35년 차 무사고 오토바이 라이더가 손을 맞잡고 새로운 삶을 앞두고 있었던 거죠.

2

# 책임질 결심

# 운명의 부대찌개

제 안의 숙제를 풀고 나니 눈앞의 상황이 더 또렷이 보였어요. 고향에 내려가 또또포차의 오래된 테이블로 가족 모두를 불러 모았습니다. 그리곤 포차의 벽면 한구석에 붙여놓은 커다란 종이 달력을 떼어냈어요. 달력은 그간 아빠가 적어둔 걱정 어린 메모들로 날짜를 제대로 분간하기 힘들었어요. 커다랗고 무거운 시간을 뒤로한 채 새하얀 뒷면에 우리가 처한 경제적인 상황을 금액 단위로 적었어요.

저는 또또포차의 폐업 일정을 조율하며 주도적으로 움직이기 시작했습니다. 부모님은 마치 이런 날을 기다려온 듯 저를 지그시 바라보며 냉정하게 적혀 내려가는 숫자와 날짜들을 초연히 받아들이셨어요. 그때 우리에겐 코로나로 다시 쌓아 올린 빚과 포차의 폐업, 엄마의 수술 일정, 부모님의 거주 문제 등이 켜켜이 남아있었습니다.

결혼해 출가한 언니와 형부, 조카까지 모인 가족 비상회의 자리에서 이제는 삼십 대가 된 막내 또또가 무언가를 이미 알고 있는 사람처럼 단호한 어투로 이야기를 이어갔어요.

"다 괜찮을 거예요. 이제 더 나빠질 게 없어요. 장사야 다시 하면 되고 뭘 하든 간절하니까 될 거예요. 우리 모두 능력자잖아요. 서울에서 가게 차려서 다 같이 먹고 살 수 있어요."

콩 심은 데 콩 나고 자영업 심은 데 자영업이 나버린 대책 없는 순간이었어요. 고개 숙인 아빠와 안색이 좋지 않은 엄마, 친정 걱정으로 수척해진 언니가 저를 의아한 눈으로 바라보고 있었습니다.

서울에 돌아와서는 직장을 정리하고 작은 자취 집을 부모님이 편히 머물 수 있는 공간으로 만들기 위해 최선의 노력을 했어요. 다 잘될 거라고 했지만 사실 현실에 뾰족한 수는 없었어요. 그래도 준비 없이 비가 올 때는 우산이 있는 친구 옆에 서면 된다는 건 알고 있었어요. 우리에게 남은 것 중에 가장 든든한 재산은 직장 근처에 얻어두었던, 서울 서대문구 연희동에 위치한 작은 구옥인 저의 전셋집이었어요. 함께 모여 있으면 엄마의 회복을 도울 수 있고 생활비도 덜 드니까 우리 가족에겐 그 집이, 저의 퇴직금이 세 식구가 쫄딱 젖지 않게 해주는 우산인 셈이었죠.

폐업을 앞둔 어느 날 전화 한 통이 걸려 왔어요.

"윤선 씨, 잘 지내나요? 부대찌개를 너무 맛있게 먹었어요. 냉동 부대찌개가 이렇게 맛있다니 진짜 깜짝 놀랐어요!"

전화를 건 친구는 10년 넘는 기간 동안 다수의 외식업 매장을 운영하고 있는 상인이자 창업 컨설팅 프로젝트를 막 시작한 하덕현 대표였어요.

친구의 집들이에 갑자기 초대받아 빈손으로 갈 수 없어서 냉동실에 얼려둔 또또포차의 부대찌개를 선물한 적이 있었어요. 봉지째로 얼어있는 부대찌개는 근사한 모양새가 아닌지라 고민했지만 저에겐 언제나 고향으로 데려다주는 맛있는 메타포였기에 먹어보면 선물임을 알 수 있을 거라고 생각하며 건네주었죠. 그렇게 운명은 뜬금없이 친구네 집 냉동실에서 꽁꽁 언 채로 우리를 기다리고 있었던 거예요.

예상치 못한 전화를 받고 놀라서 눈물이 났어요. 어떤 희망이 보여서라기보다 외식업의 최전선에서 잘해내고 있는 누군가가 불이 꺼진 작은 주방에 머물던 엄마의 시간과 노력을 알아봐 주었기 때문이었습니다. 오랜 주방일로 퉁퉁 불어 항상 숨기기 바빴던 엄마의 두꺼비 손을 마주 잡고 '이렇게 맛있는 음식을 만든 게 당신의 손인가요?' 하고 말하는 것 같았어요. 부모님의 삶에 대한 저의 존경과 지지가 틀리지 않았다는 위로가 되기도 했죠.

우리는 친구가 운영하는 매장 근처인 종로구 낙원동의 카페에서 다시 만났어요. 정확히는 마음이 조급한 제가 친구가 있는 곳으로 찾아갔어요. 다행히 친구는 부대찌개 맛을 잊지 못하고 있었어요.

"살면서 먹어본 부대찌개 중에 2등 정도 될 것 같아요. 매장에서 먹은 게 아닌데도요. 다른 메뉴들도 맛보고 싶어요. 또또포차가 이대로 사라지기엔 아쉬운데요?"

"덕현 씨, 저 좀 도와주세요. 여기까지는 왔는데 다음을 몰라요."

부모님이 오랜 기간 운영한 또또포차의 폐업 소식과 함께, 가게를 차릴 생각이라는 이야기를 하며 궁금한 점들을 물었어요. 작은 가게를 하려면 최소 얼마가 필요한지, 어떻게 하면 적은 예산으로 창업해 세 식구가 먹고 살 수 있을지요. 외식업의 현실에 대해서는 부모님을 보고 자라 짐작할 수 있었지만, 외식업으로 돈을 버는 법은 알지 못했으니까요. 궁금한 게 많은 저의 질문을 들은 친구는 환하게 웃으며 이야기했어요.

"윤선 씨, 전과는 다른 얼굴을 하고 있네요."

언제부터인지도 알 수 없이 오래 기다린 에너지로 빛나고 있는 저를 온전히 믿어준 첫 번째 외식업 동료가 생긴 순간이었어요. 우리는 또또포차가 폐업하기 전 고향에 내려가 부대찌개를 비롯해 모든 음식을 먹어보고 사진을 찍어두며 서울에서의 다음을 기약할 수 있었어요.

웃는 얼굴의 두 사람

사실 술집을 하는 건 계획에 없었어요. 부모님이 연로하신 데다 밤낮을 거꾸로 생활한 지 오래되셨기 때문에 건강을 위해 그것만은 피하고 싶었죠. 다양한 종류의 외식업을 염두에 두었지만 가장 유력했던 건 집 근처에 작은 식당을 여는 것이었어요. 낯선 서울 생활에 어려움이 있을 부모님을 생각하면 출퇴근이 쉬워야 했고, 마침 제가 살고 있는 동네엔 식당이 많지 않았죠. 엄마의 음식 내공과 의류 회사에서 옷을 만들어 왔던 저의 미적 감각, 아빠의 라이더 실력으로 백반집을 하면 딱 맞겠다 싶었어요. 깻묵이네 시절처럼요.

"엄마, 회복하시면 작고 예쁜 카페 같은 식당에서 쉬면서 일하게 해드릴게요. 꽃무늬 옷 입고 엄마가 좋아하는 잔나비 음악 틀어두고서요. 주에 이틀씩 쉬고 세 끼 음식 장사만 하는 거예요. 이제 일보다 건강을 챙기며 사셔야 해요. 서울은 인구가 많아서 동네에서 소박하게 장사를 해도 먹고살 수 있어요."

하지만 하덕현 대표와 몇 번의 미팅을 통해 저는 금방 알 수 있었어요. 처음부터 그 정도의 마음으로 시작하는 장사는 돈을 벌 수 없다는 걸요. 가진 능력 모두를 성심으로 써도 살아남을까 말까 하는 판국에 시작하기도 전에 '안 되는 것'을 분명히 정해놓는 건 자영업의 험난한 세계를 기만하는 일이었어요. 이제껏 부모님이 연중무휴로 성심성의껏 해온 노력을 제가 몰라도 너무 몰랐던 거죠. 카페 같은 식당이라니 제가 얼마나 어리숙하게 보였을까요. 아니면 그런 막내딸이 귀여우셨을까요.

"또또포차를 한국식 선술집 '또또'로 리브랜딩합시다. 2009년에 개업했으니 영업 연수와 이야기들이 이미 충분한 자산이에요. 새 가게를 내는 것보다 이쪽이 더 승산이 있어요."

드디어 부모님을 또또포차에서 구해드렸다고 생각했는데 청천벽력 같은 이야기였어요. 그곳을 생각하면 감사함보다 폐업의 막연한 슬픔과 고생했던 날들이 떠올라서 저

와 가족들이 새로운 시작으로 받아들일 수 없다고 생각했
거든요. 게다가 저의 애칭으로 지은 '또또'라는 상호는 여러
어려움을 겪으며 내내 제 마음을 불편하게 만들었어요.

가족 모두 그곳에서 벗어나고 싶어 서울에 모였는데 이
게 웬일인가요. 정경, 무릉, 강가, 산모퉁이, 싱아… 홍제천
을 바라보고 궁동산을 뒤편에 둔 동네의 특성에 착안해 메
모장에 적어두었던 식당 이름들을 모두 지우고 익숙한 두
글자를 다시 허망하게 적었어요.

머릿속에 안개가 낀 기분으로 집에 돌아가지 못하고 홍
제천을 오래 걸었어요. '더 강력하게 식당을 하고 싶다고
했어야 했나', '술집을 해도 '또또'만은 안 된다고 했어야 했
는데', '이 소식을 알면 가족들이 뭐라고 할까?'… 그러다 금
방 정신이 들었어요.

'아, 내가 하고 싶은 걸 하려고 부모님을 모셔 온 게 아
니지.'

우리가 서울에 모인 건 돈이 없었기 때문이지 제가 부

모님을 편안하게 해드릴 수 있어서가 아니었어요. 가진 게 없는 상태에서 돈을 버는 일과 누군가를 안전하게 돌보는 일, 둘 다를 잘할 수는 없는 거였죠. 제가 깻묵이네에서 크고 또또포차에서 자란 것처럼요. 부모님의 행복과 안위는 제가 가녀장으로서 책임을 다하면 자연히 뒤따라오는 것이었어요. 우선, 어떻게든 먹고살 돈을 버는 게 먼저였죠.

생각을 달리하니 부모님이 쉼 없이 일궈낸 '또또포차'라는 브랜드가 13년의 헤리티지를 가진 위대한 유산으로 보였어요. 주변을 둘러봐도 부부가 일심으로 술집을 운영하며 자식 둘을 키워냈다는 것은 보기 드문 성실함의 증거이기도 했죠. 더욱이 '또또포차로 키운 딸이 또또로 부모님을 부양한다'는 건 흥미로운 이야깃거리가 될 게 분명했어요. '가족의 서사로 손님이 한 분이라도 더 와주신다면 빚을 더 빨리 갚을 수 있지 않을까?'까지 생각이 미치자, 모든 게 간단해졌습니다.

제가 먼저 또또를 저의 미래로 받아들이기로 했어요.

다시 메모장을 켜서 두 글자를 다양하게 그려 보았어요. 둥글게, 뾰족하게, 영어로 'ddoddo', 'ttotto'를 적어보면서 지겹다고만 생각했던 두 글자를 다각도로 살펴보았죠. 여러 번의 시도 끝에 동그란 원 안에 '또또'를 유연한 선으로 바꾸어 그려 웃고 있는 사람들처럼 보이게 했어요. 우리가 이곳에서 다시 웃게 되길 바라는 마음을 담아서요. 제 애칭이라고만 생각했던 '또또'는 다시 보니 어감이 귀엽기도 했고, '또 봐요, 우리', '또 가고 싶은 또또' 등 친근하게 해석될 수도 있었어요. 한 지붕 아래에서 또 보자며 밝게 웃는 얼굴의 두 사람. 그렇게 새로운 또또의 로고와 희망이 그려지고 있었어요.

# 헤어질 결심

가게를 준비하려면 차분했던 일상과 헤어져야 했어요. 집에서 느긋이 책을 읽거나 커피를 마시는 것을 삶의 낙으로 생각했는데 이제는 그래선 안 됐죠. 한동안은 저의 사정을 훤히 아는 전 직장 대표님이 기회를 주신 덕분에 프리랜서로 스타일링 일을 해 생활비를 충당하며 지냈어요. 대부분의 시간은 유명하다는 한국식 선술집들을 찾아가 대표 메뉴를 먹어보고, 그전까지는 거의 마셔본 적 없었던 막걸리를 다루기 위해 전국 팔도의 술을 시음하고 공부하며 보냈습니다. 오랜 외식업 경력의 부모님과 함께하려면 저는 적어도 아마추어 전통주 소믈리에 정도는 되어야겠다고 생각했거든요.

무엇보다 부모님을 서울까지 모셔 와 다시 밤에 일하게 하는 결정을 내렸으니 마음의 부채감이 컸어요. 제가 옆에서 오래 지켜본 바로는 밤을 여는 장사를 한다는 건 건강과 돈을 맞바꾸는 일 같았거든요. 그것도 운이 좋으면 말이죠. 그래서 소주, 맥주만 판매했던 또또포차와는 달리 각

양각색의 전통주를 준비해 주류 매출을 높여 밤에 반짝일 우리 가족이 긍정적인 기분으로 일할 수 있게 만들고 싶었어요. '노력하는 만큼 되는구나!', '서울의 밤을 지키길 잘했네' 하면서요.

부모님은 저보다 큰 변화를 맞이하셔야 했어요. 퇴직할 때가 한참 지난 나이에 평생 살아온 고향을 떠나 다 큰 딸과 좁은 집에 함께 사셔야 했고, 대표로서 사업에 실패했다는 상실을 간직한 채 직원으로 일할 준비를 하셔야 했어요. 돌보던 딸을 사장으로 존중하며 따라야 했고, 마음과 몸의 아픔을 간직한 채 씩씩한 에너지를 다시 모아야 했죠. 살아온 방식부터 환경까지 거의 모든 것이 달라진 삶을 받아들여야 했던 거예요.

그런데도 부모님이 일상을 대하는 방식은 제가 우려했던 것보다 훨씬 근사했어요. '어차피 고향에서는 얼굴 들고 다니기 어려웠지, 뭐', '진작 서울로 올 걸, 서울은 어딜 가나 빵이 참 맛있다', '딸이랑 함께 사니 좋네' 하며 현재를 씩씩하게 받아들이셨어요. 또또포차의 폐업과 함께 오토바이를 처분한 아빠는 공공 자전거 따릉이를 대여하는 법을 배워 자전거를 타고 동네의 이곳저곳을 유유히 다니셨어요. 이 시기에 아버지가 꼭 붙들고 계셨던 건 강연호 시인의 시집 제목 '잘못 든 길이 지도를 만든다'는 문장이었어요. 어쩔 수 없이 한집에 모인 가족은 서로에게 부담이 되지 않기 위해 밝고 환한 마음만 내비치며 우리만의 지도를 만들어 가고 있었습니다.

제가 가게 자리를 알아보러 다닐 때 엄마는 수술 후 회복기를 가지며 딸의 자취방을 밥 짓는 냄새가 스미는 가정집으로 만들어 주셨어요. 컨디션이 예전 같지 않으실 텐데도 부족한 살림을 살피며 십여 년 만에 가족이 모여 살게 된 작은 공간을 익숙한 안전 기지로 만들어 주셨죠. 그리곤 협소한 부엌에서 몇 가지 안 되는 조리 도구와 양념으로 새롭게 선보일 메뉴를 부지런히 연습하기 시작하셨습니다. "혹시 예전 실력이 안 나오면 어떡하지?", "서울 사람들은 뭘 좋아해?" 알고 보니 엄마는 숱한 세월을 요리에 썼어도 종일 유튜브로 요리 영상을 보시는 노력형 요리사였어요.

아빠는 오래 노력했던 사업이 실패로 돌아갔다는 상실감과 끝끝내 가장의 역할을 해내지 못했다는 자책감에 딱 3일 동안 우셨어요. 늘 긍정의 에너지로 살아가는 아빠가 그렇게 우는 것을 본 적이 없었기에 저는 이때를 '우기'라고 불렀어요. 제가 다 알지 못하는 아픔이 얼마나 많았을지 상상할 수 없었죠. 이후에는 생활비를 벌고자 중고 오토바이를 구해 배달 앱 기사 일을 시작하셨어요. 연세가 많아 배달 앱 사용이 어렵고 서울의 지리를 잘 모르시니 며칠 동안은 제가 뒤에 타서 알려드리며 부녀 배달 팀으로 활동하기도 했죠.

한번은 신축 대단지 아파트로 배달을 하다 실수를 해 음식과 배달 비용을 모두 부담하게 된 적이 있었어요. 아파트에 살아본 적이 없던 우리에게는 동이 연속으로 이어지지 않은 대단지 아파트가 낯설었죠. 아빠에게 길을 안내

하던 저도 찾을 수가 없어 머쓱했어요. 우리는 별안간 손에 쥐게 된 따뜻한 족발을 벤치에 앉아 먹으며 "서울은 족발도 맛있네", "쿠팡 덕분에 외식하네요" 같은 가벼운 농담을 나누며 집으로 돌아갔어요. 서로에게 알 수 없는 미안함과 고마움을 간직한 채로요.

필사적으로 삶을 바꾸려는 제 모습을 저조차도 타인처럼 응원하던 시절이었어요. 지금 생각해 보면 '더 이상의 실패는 거절한다', '앞으로 펼쳐질 일들에 대해 상처를 받지 않겠다'라는 패기로 미래를 만들어 온 것도 같아요. 훗날에 부모님께 말하고 싶었거든요.

"제 말이 맞죠? 그것 봐요, 저는 다 계획이 있었다니까요."

서른두살동안 살아있던 네 삶
속에 무지개처럼 아름다운 순간도
굴절된 고통기억도
네 삶의 미래에 자산이다
사계절의 변화가 있듯이
자연의 질서에 순응하며

지혜를 보아라

그리고 행동하라
그래서 꿈을 이루거라
네가 너를 사랑하는것이 첫번째
사랑의 아름다운 가치와 정서
감정은 인간이 높을 버림
할때까지 추구하는 아름다운삶
잘못든 길이 지도를 만든다
2022 가을 사랑하는 ○○에게
아부지가

# 다시 생계 모드

집 근처에 있는 가게 매물을 찾다 보니 3개월이라는 시간이 지났어요. 그러던 어느 날 집에서 그리 멀지 않은 곳에 있던 작은 창고가 매물로 나온 것을 알게 되었습니다. 통유리로 된 창고에는 불투명 시트가 붙여져 있어서 밖에서 보면 어떤 용도의 공간인지 도통 알 수 없었어요. 문을 열고 들어가 보니 그 안엔 각종 중량물과 건설 기기들이 빼곡히 보관되어 있었습니다. 동네에서 4년을 살았는데도 그런 곳이 있는지 몰랐으니, 사람들의 눈에 띄지 않는 조건을 모두 갖추고 있는 훌륭한 창고였죠. 반대로 손님들을 불러 모으기는 어려울 것이 확실해 보였어요. 반경 3미터 떨어진 곳부터는 재개발이 확정되어서 주인이 없어진 폐가와 상가들이 즐비하게 자리하고 있기도 했죠. 그래서인지 주변은 오가는 사람 하나 없이 어두컴컴했고 어쩐지 조금 을씨년스러웠습니다.

그런데 이곳은 제가 바라던 조건에 부합한 유일한 곳이었어요. 준비한 예산에 알맞고, 아름답게 흐르는 홍제천을 마주 보고 낮고 푸르른 궁동산을 뒤편에 두고 있었죠. 개업을 더 미룰 수도 없었고요. 무엇보다 집과의 거리가 엄마가 노래 한 곡을 들으며 걸으면 도착할 만큼 가까웠습니다. 그렇게 서울의 또또는 우연과 처지가 맞닿은 재개발 지역 경계선에 둥지를 틀게 되었어요.

황학동에 가서 고장 날 것이 거의 확실한 중고 가전을 구매하고, 폐업으로 다른 사업장에 남겨진 중고 의자들을 리폼해 15평 남짓의 작은 공간을 채워갔어요. 또또포차를 폐업하며 차마 버리지 못한 정든 주방 도구들도 함께였죠. 예산이 터무니없이 적어 특별한 인테리어는 하지 못했기에 '있어야 할 것을 있어야 할 자리에 채우자'는 식으로 가게를 준비했습니다. 그중에서 가장 큰 투자를 했던 건 또또의 외부에 있던 화장실이었어요.

"또또포차의 화장실은 처음에 공사를 못하고 시작해서 징글징글했지. 아무리 청소해도 나아지지 않아서 손님들한테 마지막까지 미안했어."

또또포차를 운영하던 시절 엄마는 요리가 늦어질까 봐 화장실을 자주 가지 않는 게 습관이 되셔서 지병이 악화했었어요. 신장암과 방광암 수술을 하신 엄마를 위해, 또 외진 곳에 있는 선술집을 찾아주실 손님들의 기분을 생각하며 1평 남짓의 작은 화장실만큼은 언제든 가고 싶은 곳으로 만들기 위해 노력했어요.

"화장실 타일을 이렇게 밝은색으로 하면 청소와 관리가 쉽지 않을 텐데, 괜찮으시겠어요?"

인테리어를 도와주신 실장님의 만류에도 밝고 환한 화장실을 고집했어요. 그래야 수시로 돌보고 가꾸어 엄마와 손님들이 화장실을 자주 찾아주실 테니까요.

또또가 개업하자 우리는 곧 의기소침했던 과거에서 나올 수 있었어요. 부모님이 가장 잘하시는 일, 다시 생계 모드였죠. 우리는 서로를 직함으로 부르거나 '님'으로 존대하며 각자의 역량에 맞게 파트를 분담했어요. '철균 님'이 된 아빠가 매일 오토바이를 타고 백련시장에서 재료 사입을 해오면 '조리 실장님'을 맡은 엄마가 재료들을 살뜰히 다뤄 주방을 꾸려주셨어요. 대표인 저는 주류 관리를 비롯해 거의 모든 일을 도맡아 책임졌습니다. 그간의 휴식으로 채워진 가족의 맑은 에너지와 오랜 실패의 거름들은 텅 빈 공간을 다채롭게 채우기에 충분했어요. 하루에 한 테이블도 받지 못한 날이 허다했지만, 서로의 걱정스러운 미래를 한데 모아둔 우리의 상황이 오히려 홀가분하기까지 했습니다.

실은 개업하고 얼마 지나지 않아 금방 깨달을 수 있었어요. 저는 가족이 함께 먹고살 수 있다는 희망만 있으면 금세 행복해질 수 있는 욕심 없는 가녀장이라는 것을요. 부모님부터 동네 어른들까지, 모두가 손님이 없다고 걱정해 주시던 그 겨울에 저는 오랫동안 바라던 우리 가족의 평범한 모습을 보았어요. 세 식구가 모여 그날의 끼니를 정하고 죄책감 없이 맛있는 세 끼를 함께 먹었습니다. 그러니까 선술집 또는 시작만으로 이미 반은 이룬 셈이었죠. 찾아주시는 손님이 많지 않던 시절에도요.

# 커다란 부엌

개업 후 한동안은 오랜 친구들부터 전 직장 동료들, 지인의 지인들까지 서울에서 홀로 생활했던 13년 동안 저를 알았던 거의 모든 분이 가게를 찾아주셨어요. 제가 별안간 부모님을 모시고 장사를 한다고 하니 주변 분들의 마음 한편에 자리하고 있던 가족에 대한 애틋함이 이곳까지 이끌어준 것 같았죠.

"우리 또또가 잘 살았나 봐. 이렇게 친구들이 많은지 생각도 못 했네." "다들 뭐 하는 분들이시길래 이렇게 연예인 같으신 거야?" "서울에서 또또가 외롭지 않았겠네. 고마워요, 고마워요." 부모님은 마치 결혼식을 찾아준 지인들을 맞이하듯 한 명 한 명 눈을 맞추고 고맙다는 말을 잊지 않으셨어요. 그렇게 다정한 개업 주간이 지나고 나서 또또는 현실을 맞이해야 했어요. 아무도 찾아주지 않는 재개발 예정지의 선술집에 고용된 조리 실장님은 본색을 드러내기 시작하셨습니다.

"커피숍도 아니고, 이거 뭐 하는 집이야. 택시만 휭 하

고 지나가는데. 옷만 만들던 너를 믿은 내 탓이지. 서울이
라 화려할 줄 알았는데, 웬 차고 같은 데다가 나뭇조각 몇
개 갖다 놓고 또또포차보다도 못하네. 이렇게 썰렁한데, 여
기를 누가 와. 내가 마음이 조급해 죽겠다."

조리 실장님은 종종 밖에서 훤히 보이는 유리 창문 안
쪽 테이블에 앉아 아무 부침개나 부쳐서 달라고 하고는 앞
치마를 벗고 막걸리를 몇 병 테이블에 올려놓고는 손님인
척 앉아 계셨어요. 그리곤 "장사는 개시가 중요해" 하시며
거의 아무 채소도 들어가지 않은 밀가루 부침개에 십만 원
을 내셨죠. 한 테이블도 못 받은 날에도 실장님은 알고 계
셨던 거예요. 장사는 기세라는 것을요.

'이런 곳에 술집을 한다고?'

조용하기 이를 데 없는 동네에 터를 잡으니, 주민분들
도 걱정과 기대를 하시기는 마찬가지였어요. 더구나 겨울
이 한창인 12월에 오픈했으니, 우려의 목소리가 컸죠. 오
픈 9일 차에는 동네 어머님 두 분이 가게 문을 여시더니 여

기가 뭐 하는 곳이냐고 물으셨어요.

"안녕하세요, 어머니. 한국식 선술집이고요. 가게 이름은 또또예요."

"내가 이 동네 토박이인데, 뭐 하는 덴 줄 알아야 팔아주지. 또또? 술집이라고? 알겠어. 간판을 얼른 해야겠다, 문을 열었는지도 몰랐어. 큰일이다, 큰일."

다음 모임은 어쩔 수 없이 여기서 해야겠다고 이야기를 나누시면서 발걸음을 옮기셨죠. 호기롭게 달아둔, 지붕 아래 웃는 두 사람을 그린 로고만 담긴 또또의 간판은 새 이웃을 따뜻한 마음으로 응원해 주시는 동네 분들도 알아보시기 힘든 사인이었던 거예요. 그래서인지 손님이 없어 조용했던 석 달 동안은 매일 토박이 선생님들께 혼이 나며 지냈습니다. "술집에 기본 안주가 잡채라니, 남는 게 있겠어? 아유 지금도 계속 불고 있네." "어린 친구가 참 기특하다. 근데 장사는 해본 적 없나 봐요?" "이 동네는 조용하니까 북카페를 하면 어때? 요즘에 그게 유행이라던데." 주변을 다정히 관찰하시는 동네 어르신들은 또또가 금세 문을 닫게 될까 봐 걱정하는 눈치셨어요.

주위에서 대신 걱정해 주신 덕분인지, 저는 조용했던 3개월의 시간이 평온하고 행복했어요.

"오늘 특선 메뉴는 아스파라거스와 LA갈비 어때요?" "오늘은 삼계탕." "오늘의 서비스는 샤인머스캣이에요."

엄마가 좋아하는 값비싼 재료들을 죄책감 없이 쓰실 수 있게 사드리고 과일도 종류별로 마음껏 준비해 두었어요. 손님이 안 오시면 귀한 음식들은 하는 수 없이 우리 가족의 식탁에 오를 것임을 잘 알고 있었죠. 가족의 세 끼는 모두 엄청나게 맛있었고, 후식도 달콤했어요. 혹여나 손님이 찾아오시면 마치 우리의 살림집에 집들이를 와주신 기분이 들 정도였으니 주객전도의 날들이었습니다. 주문하신 음식 외에도 가족 식사에 올라가는 각종 집 반찬들이 손님상에 자연스레 함께 내어졌죠. 개업 1개월 차, 잔잔한 음악이 흐르는 조용한 선술집은 우리에게 안전한 아지트이자 커다란 부엌, 집보다도 더 깨끗한 화장실이 되어주었어요.

"매일 놀고 있는데 쉬는 날까지 가지면 어떡하려고 그래. 우리 초보 대표님은 이 허허벌판에서 장사하는 게 무섭지도 않나 봐."

오가는 사람 없는 길목에 있는 눈 쌓인 선술집의 노오란 불빛은 마치 망망대해의 등대 같았기에 장사가 처음인 딸을 믿고 따라야 했던 외식업 선배님들은 내심 불안해하셨어요. 항상 연중무휴로 일하셨던 두 분은 정기적인 휴무가 있는 것도 어색해하셨죠.

"너무 걱정하지 마세요. 앞으로는 바빠서 쉬지도 못하게 될 테니 지금을 충분히 즐기셔야 해요."

저는 초조해하는 두 분을 달래며 틈이 나는 대로 함께 동네 마실을 다녔어요. 목욕탕에 가기도 하고, 유명하다는 맛집과 술집, 연희동의 고즈넉하고 아기자기한 카페들도 가고, 안산과 궁동산을 오르거나 아름다운 홍제천을 자주 걸었죠. 퇴근 후 노래방에 가거나 윷놀이, 고스톱을 하며 시간을 보내기도 했어요. 오랜만에 가족이 모여 여행하듯 평온한 시간을 보냈던 거죠.

두 분을 안심시키려 자신 있다고 호언장담했지만, 장사가 처음인 제가 리더인 사업이 잘된다는 보장은 당연히 어디에도 없었어요. 오히려 그 반대에 가까웠죠. 그래서 부모님의 걱정대로 또또가 잘되지 않을 수 있으니, 돈을 벌지 못할 거면 가족의 추억이라도 벌어두어야겠다는 마음이 있었어요. 또또를 시작하고 일터에서 매일 새롭게 만나는 부모님은 예전의 활기 넘치는 모습이 아니었기에 두 분의 애틋한 여생을 곁에서 지켜볼 수 있는 것만으로도 이미 이 사업은 저에게 커다란 의미가 되어가고 있었거든요.

"그래도 함께 모여서 시간을 보낼 수 있으니 즐겁지 않아요? 우리는 원래 가진 게 많지 않았잖아요."

제가 웃으며 먼저 말할 수 있다면 딸을 믿고 서울로 올라오신 부모님의 선택과 두 분을 부양하기로 한 저의 새로운 삶이 후회로 남지 않을 것 같았어요. 그래서 조용한 또또를 걱정하는 마음을 곁에 두고도 종종 부모님과 시간을 보내며 두 분의 활짝 웃는 얼굴을 두 눈에 담아두었죠. 또또가 잘되지 않더라도 저는 어떻게든 다시 살아갈 수 있지만 매일이 가장 젊고 아름다울 부모님과 함께하는 시간은 다시 오지 않을 테니까요. 그리고 이런 마음을 가진 가녀장이 부모를 모시고 하는 가족 사업을 세상이 몰라줄 리 없다는 무모한 믿음이 있었어요. 우리는 모두 누군가의 보살핌 아래 아이인 적이 있으니까요.

새로운 페르소나

　막내딸에서 가녀장으로, 직장인에서 자영업자로. 개인
적으로도 많은 변화를 겪어야 하기에 선술집 또또를 운영
하기 위해서는 제가 아는 익숙한 저의 모습이나 일상의 패
턴과 헤어져야 한다고 생각했어요. 한 번도 해본 적 없는
일을 성숙하게 해내려면 간절함에 비례하는 구체적인 페
르소나를 만들어야 한다고 믿었습니다. 사업 자금이나 자
영업 경험이 많지 않은 제가 가진 재산 중에 가장 귀한 것
은 저 자신이었기 때문이에요.

　스스로 선택한 일에 책임을 다하기 위해 한국식 선술
집에 부모를 모시고 일하는 30대 초반의 씩씩한 여성을 제
해석대로 상상하면서 그와 어울리지 않는 것들과 멀어지
는 연습을 했어요. '술 한 짝이나 쌀 한 가마니를 거뜬히 들
어 올리는 카리스마 있는 여사장', '생계를 위해 하던 일을
관두고 부모님을 모시고 일하지만, 안쓰러운 마음이 일지
않는 튼튼한 가녀장' 같은 것을 꿈꾸면서요. 마치 '부캐'를
만들듯 새로운 외모나 성격, 태도 등을 행동으로 옮겼어요.

오래 길러온 긴 머리를 쇼트커트로, 편안한 티셔츠에서 정
돈된 셔츠로, 캐주얼한 운동화에서 족저근막염 신발로 변
화를 꾀했죠.

　일터에서는 서로가 가족임을 잠시 잊고 각자 맡은 파트
에서 일하는 동료가 되는 편을 선택했어요. 가게에 들어서
는 순간 부모님을 직장 동료이자 제 가게에 고용된 시니어
직원으로 대하려 노력했습니다. 손님들과의 세대 차이를
극복하려고 존댓말을 연습하고 나이를 가리려 단정한 치장
을 하는 동료들을 응원하되 서비스와 요리, 청결 등의 능력
은 사장의 눈으로 냉정히 평가했어요. 부모님은 그런 저의
모습을 리더로서 존중해 주시며 제 의견을 수용하는 방식
으로 새로운 또또를 만들어 가는 데에 동참해 주셨습니다.
혹여나 제가 두 분이 보시기에 어긋나는 길을 갈 때는 베테
랑 자영업자의 감각으로 단호하게 올바른 길을 알려주시기
도 하면서요. 각자의 인생에 큰 변화를 감수하면서까지 생
계를 위해 합심한 우리 가족의 몸과 마음이 더 가난해지면

안 되었기에 우리는 서로에게 미안한 마음을 갖지 않기 위해 겸손한 마음으로 한 팀이 되려 애썼어요. 일터 안에서는 각자가 가진 능력을 최대치로 끌어올릴 냉정한 파트너로서 일하고, 집에 돌아와서는 고생한 가족들에게 따뜻한 격려를 멈추지 않으며 새로운 관계를 연습했습니다.

십여 년 만에 가족이 함께였던 터라 서로의 모습이 낯설어서 오해도 많았던 시기였어요. 이제 저는 부모님이 기억하는 귀엽기만 한 막내딸이 아니었고, 부모님은 제가 기대했던 건강한 에너지를 가진 활기 넘치는 어른들이 아니셨어요. "내가 알던 딸이 아니야!" 명확하게 업무를 구분해 분담하는 과정에서 실장님의 요리를 사장으로서 평가하는 저에게 엄마가 화를 내시기도 했고, 할 일이 쌓여 있는데 낮 2시만 되면 낮잠을 자러 가는 철균 님을 보면서는 동료로서 야속하기도 했어요. 사소한 오해는 집에서도 마찬가지였어요. 개인적인 이유로 혼자의 시간이 필요해 방문을 닫으면 엄마는 딸이 일 때문에 속상한 마음에 우는 것은 아닌지 걱정되어 접시에 과일을 한 아름 담아 수시로 저의 마음의 방 문턱을 침범해 오셨어요. 마찬가지로 늦은 밤 혼자 산책하러 이어폰을 끼고 나선 엄마의 뒤를 제가 졸졸 따라 걸으며 실장님의 퇴근 후 자유 시간을 방해한 일도 있었죠.

　우리는 함께 일하고 생활하면서 기대와 달라 실망하는 일을 거듭하며 가족 사업의 중심에 서서히 닿을 수 있었어요. 서로를 있는 그대로 인정하며 무조건적인 지지를 잃지 않는 것, 개인의 삶을 최우선으로 응원해 주는 것. 저는 이것이 가족 사업에 중요한 자양분이 되는 '가족적 개인주의'라고 생각합니다. 가족 구성원을 타인으로 바라보고 관계의 건강한 거리를 찾지 않으면 사업의 특성상 오래 함께 있는 물리적인 시간이 의외로 더 외롭게 느껴질 수 있거든요. 그래서 우리는 가족인 것과도 다정하게 헤어지려 노력했어요. 우리에게 가장 중요한 선술집 또또가 기준이 되어 개인과 가족, 그 밖의 모든 세계 사이의 균형을 맞춰가는

데에 꼭 필요한 과정이었죠.

또또를 운영하기 전에는 직장에 소속되어 옷을 디자인하고 만들며 세상에 쓰임 받고 있다고 느꼈어요. 큰 금액은 아니지만 꼬박꼬박 저축도 해두면서 사회적으로도 경제적으로도 안온한 일상을 유지한다고 생각했죠. 퇴근 후에 맥주 한잔을 하고, 휴일에는 카페에서 책을 읽는, 소박하지만 제가 원하는 삶에 다가가고 있는 것처럼 보였어요. 30대에 들어서면서는 제 삶을 어떻게 운영하는지 저만 평가할 수 있는 어른의 세계에 들어섰다고도 믿었죠. 그럼에도 이따금 고향에 있는 부모님께 마음 아픈 소식들이 들려오면 제가 만든 평온한 세계가 억지스럽고 무용한 기분이 들었어요. 견고하게 만들었다고 믿었던 나의 세계가 전화 한 통에 유리처럼 부서지는 것을 보았죠. 그래서 멀리에서 온 그 애틋한 연락을 미워했어요. 그리곤 깨달았어요. '전화 한 통에 깨질 행복이라면 혹시 내가 원하는 삶이 지금 여기에 있지 않은 걸까?' 하고요. 주위를 둘러보지 않은 채 '나'를 기준으로 아주 작은 테두리를 만들어 살고 있었다는 것을 알게 되었어요.

그럼, 부모님을 책임질 용기는 언제부터 생겨났을까요? 저조차도 신비로운 지금의 삶에 대해 이제 와 생각해 보면 누군가를 책임질 용기는 우리가 사회 구성원으로서 주체적으로 자리 잡았다고 여길 때, 스스로 삶을 운영할 수 있다고 믿게 될 때, 나아가 나를 둘러싼 세계를 건강한 연민을 품은 너른 마음으로 바라볼 수 있을 때 나온다는 것을 깨닫습니다. 그 조용한 용기는 누군가를 부양할 만큼 성공해야만 가질 수 있는 건 아니었어요.

가족의 생계형 선술집을 시작한 덕분에 지금의 저는 부모님의 아픔을 모르는 체 살았던 시절에 갈망한 '책임지는 미래'에 와 있어요. 공생이라는 선택을 통해 부양에는 더 넓은 의미가 있다는 것을, 서로를 있는 그대로 기꺼이 책임짐으로써 더 자유로워질 수 있다는 것을 배우며 다시금 세상에 쓰임 받고 있습니다.

# 3

# 동료 가족의
# 탄생

# 모두가 경력직

조용한 가게에서 시무룩해진 동료들을 보며 가만히 있을 수만은 없어 인스타그램에 1일 1 게시물을 올리기 시작했어요. '3개월 동안 빠짐없이 하루에 1개씩 홍보 게시글을 올려보자'는 다짐이었죠. 전 직장에서도 SNS를 관리해 왔기에 제가 곧잘 할 수 있는 일이었어요. 우리 셋 중에 저만 할 수 있는 일이기도 했죠. 다만, 직장에서는 회사의 이름에 숨어 홍보에 집중할 수 있었지만 이곳은 저의 가게이니 저와 가족, 그리고 우리가 운영하는 작은 선술집에 대해 진솔하고 재미있게 알리기 위해 노력해야 했어요.

"얼마 전에 어떤 손님께서 또또는 BMW 타고 오기 좋은 곳이라고 하셨습니다.

버스, 메트로, 워킹.

찾아오기 어려운 구석이 있는 곳이지만 겨울을 맞은 홍제천 구경도 할 겸 버스 메트로 워킹 앤드 택시로 조심히 찾아주세요."

자신을 창피해해서는 안 되지만 저를 잘 아는 친구들이

볼 걸 생각하면 괜히 부끄러운 마음이 들어 홍보하는 일이 쉽지는 않았어요. 매일 수행하듯 인스타그램에 영업 일지를 쓰며 디자이너였던 과거를 지나 부모님을 모시고 선술집을 하게 된 현재를 받아들이는 시간을 가졌죠. 딸의 가게에서 직원으로 일하는 부모님의 용기에 비하면 한참 부족한 대표였기에 오랜 직장 생활의 성실함과 패션 회사에서 쌓은 디자인 감각을 작은 선술집에 수상하리만치 요긴하게 쓰면서 가게의 이모저모를 살폈어요.

또또를 운영하며 생기는 에피소드는 제가 생각해도 흥미로웠어요. 저를 포함한 동료 3인방의 평균 연령은 쉰여덟 살이었으니까요. 조리 실장님과 동료 철균 님의 일과를 관찰하며 따라다니기만 해도 재미있는 게시물이 어렵지 않게 나왔죠. 두 분은 SNS의 세계를 알지 못하시기 때문에 종일 사진을 찍고, 핸드폰을 붙들고 있는 대표를 걱정스러운 눈으로 보시곤 했어요.

"대표님은 왜 맨날 일은 안 하시고 핸드폰만 붙들고 계셔요?"

제가 오해받는 사이에 조리 실장님은 본인의 요리 솜씨에 감탄하며 각종 김치를 담그고 새로운 메뉴를 연구하며 시간을 보내셨어요. 재료와 시간의 자유가 생기니 베테랑 요리사는 주방에서 훨훨 날아다니셨죠. "내 평생 이렇게 요리를 잘하는 날이 오다니!" 엄마는 스스로를 다시 안아주기 시작하셨어요. 흰머리를 감추려 딸이 건넨 모자를 눌러쓴 철균 님도 예외는 아니었어요. "아직 홀 보는 솜씨가 죽지 않았네?" 실장님이 요리에 몸담은 시간만큼 매장을 운영해 온 철균 님의 명석한 분석력과 뛰어난 서비스 역량은 아름답게 무르익어 있었어요. 두 분은 인생의 노년기였고 경력과 실력으로 말하자면 각 분야의 장인이셨죠. 딸의 가게에 기적이 생기기를 바라는 부모님의 간절함이 불러온 개인 기량에 서로가 놀라는 시절이었어요.

약속한 3개월의 홍보 기간이 끝나고 부모님이 서울 생활에 어느 정도 익숙해지셨을 무렵 또또는 서서히 입소문이 나기 시작했어요. 하루에 한 팀, 두 팀, 세 팀, 열 팀, 그리고 만석. 예열을 마친 프라이팬에서 더 맛있게 구워지는 두부처럼 어느 시점 이후엔 모든 일들이 막힘없이 노릇노릇했어요. 위치가 특별했고, 일하는 사람들이 수상했고, 맛과 서비스가 특히 좋았죠. 화장실이 깨끗해서 기분 좋다는 이야기도 많았으니 각자 맡은 부분을 내 집처럼 가꾸며 성실히 움직인 가족의 노력이 마침내 손님들께 닿았던 거예요.

'앞으로도 장사가 이렇게 잘되려나?' '이러다 안 되면 어떡하지?'

작은 선술집에 찾아온 기적으로 자리가 없어 기다리시는 손님이 생기자 테이블을 두 개 더 두었고, 재료도 두 배로 준비해야 했어요. 각종 집기와 주류 등 구비할 것이 많아 재정적인 걱정이 앞섰을 때 외식업 경력직 두 분은 도리어 초보 사장을 다독여 주었어요.

"하늘이 주신 기회야. 우리 딸이 착하니까 하늘이 감동하셨나 보다." "우리의 운이 다 또또에게로 갔나 봐." "재투

자를 두려워하지 마. 너는 우리랑 달라. 기회를 잡아야 해,
또또야" 하시면서요.

홀과 주방을 종종걸음으로 다니던 저의 눈은 수시로
그렁그렁해졌어요. 바라던 일을 눈앞에서 만난 것 같았거
든요. 벤더, 세일즈, 엠디, 디자이너 등을 거쳤지만 결국 진
득한 무엇이 되지 못했다고 자책했던 지난날이 떠올랐죠.
또또를 시작하고 가족을 책임지기 시작하면서 모든 실패
의 여정은 언젠가 쓸모를 갖는다고 믿게 되었으니 하늘이
저를 도운 게 맞았어요. 또또가 이렇게까지 사랑받을 줄은
꿈에도 몰랐거든요. 우리 가족은 모두 실패의 경력직이었
으니까요.

# 김치를 담그는 술집

"이게 무슨 일이야? 또 두부김치라고?"

개업 후 6개월, 매출이 상승세를 타던 즈음 인스타그램에 또또 두부김치에 대한 호평의 리뷰가 올라오기 시작했어요. '처음 먹어보는'이라는 수식어가 붙은 또또의 두부김치는 SNS를 타고 미지의 손님들에게 빠르게 퍼져나갔어요. '두부김치가 처음 먹어보는 맛도 있다고?' 두부김치는 흔히 '아는 맛'의 영역에 있는 음식이어서 손님들의 호기심과 선호도가 남달랐어요. 이 시기엔 거의 모든 손님의 테이블에 두부김치가 올려져 있었다고 해도 과언이 아닐 거예요. 어느 토요일에는 두부김치를 먹기 위해 지방에서 오셔서 웨이팅을 하시던 손님도 계셨으니 놀라지 않을 수 없었죠.

이제는 또또의 주력 메뉴 중 하나가 된 두부김치는 깻묵이네부터 또또포차까지 긴 세월을 함께해주신 김수길 주방 할머니의 작품이에요. 일반 두부김치와는 다르게 두부에 비법 달걀옷을 입히고 쑥갓이나 참나물을 올려 겉바속촉으로 부쳐냅니다. 노오란 두부전을 접시의 가장자리

에 꽃잎처럼 두르고 가운데에 빠알간 김치 볶음을 곁들이니 마치 꽃처럼 보여서 꽃두부김치라고 불렀어요.

저는 오랜 시간 동안 두부김치의 두부는 어딜 가나 계란물에 부쳐서 나오는 줄만 알았어요. 그게 일반적인 두부김치 레시피라고 생각했죠. 포차집의 딸은 술집에 가서도 매일 보는 안주들은 주문하지 않았으니까요. 우리의 두부김치에 특별한 정성이 들어간다는 것은 또또를 준비하며 처음 알게 되었어요. 철균 님이 매일 아침 시장에서 공수해 오는 당일 생산 손두부와 김수길 여사님의 레시피, 조리 실장님이 매월 담가놓는 맛깔나는 김치의 삼박자였거든요. 두부김치야말로 또또포차가 또또가 되기까지의 세월을 어필할 수 있는 메뉴였습니다.

이 시기에 조리 실장님은 매일 두부를 부치며 처음으로 인스타그램이 어떤 건지 알고 싶다고 하셨어요. 예쁜 꽃 같은 두부김치 사진은 팔로우의 팔로우를 따라 리그램되며 퍼져나갔어요. 지난 3개월 동안 인스타그램에 빼곡히 적어둔 가족의 선술집 또또의 이야기들은 두부김치로 또또를 처음 알게 된 손님들에게 방문할 동기가 되어주기도 했으니 또 한 번의 행운이 찾아온 거였죠. 두부김치 덕분에 찾아오신 손님들이 다음엔 대표 메뉴인 부대찌개를, 추천 메뉴인 보쌈을 주문하며 재방문하시기 시작했어요. 첫 방문과 재방문이 계속 이어지자 감사하게도 연일 만석의 날들을 보냈습니다.

또또의 주력 메뉴들엔 모두 김치가 들어간다는 공통점이 있어요. 두부김치나 보쌈, 부대찌개에도 매달 담그는 홈메이드 김치가 필요하죠. 직접 담근 김치들은 식당 시절부터 내공을 쌓은 조리 실장님의 시그니처 음식이기도 했어요. 그래서 우리는 쉬는 날이면 실장님의 진두지휘 아래 배추김치를 비롯해 깍두기, 열무, 얼갈이, 총각, 오이, 나박, 동치미, 알타리, 물김치 등 김치란 김치는 다 담갔던 것 같아요.

"엄마가 자랑 좀 해도 돼요? 내가 만든 김치예요. 입맛에 맞으면 집에 갈 때 싸줄게요."

"바빠서 끼니를 제대로 챙기려나 모르겠다. 집에서 라
면이랑 먹을래요?"

부지런함과 성실함, 그리고 엄마의 손맛이 깃든 김치는
맛의 깊이가 남달랐기에 실장님의 자부심이 되어주었어
요. 자식뻘 되는 손님들이 김치를 찾으면 반가워서 요리를
하다 멈추고 직접 서빙을 하셨죠. 그건 엄마의 마음이었어
요. 정성이 담긴 김치는 부모님의 동년배쯤 되는 손님들에
게도 또또를 찾아주시는 이유가 되었어요. 그만큼 진심이
담긴 김치 마케팅은 특별했습니다. 김치를 담은 실장님의
고단한 손은 하루 동안 빨갰고 김치가 맛있게 익을 때까지
아이처럼 두근거리는 마음을 숨기지 않으셨어요. 철균 님
과 저는 그 모습을 보는 것이 행복했습니다.

'김치를 담그는 한국식 선술집'이라는 타이틀은 술집의
새로운 바람이 되었어요. 또또는 기본 안주도 손이 많이
가는 잡채였기 때문에 어느새 손님들에게 잡채나 김치처

럼 '번거로운 음식을 대신 해주는 고마운 곳'이 되어 있었죠. 이건 분명 저와 다른 세대를 살아온 부모님과 동료로 일하기 때문에 가능한 일이었어요.

"옛날에 식당 할 때는 400포기씩 담갔어. 또또, 기억 안 나니? 겨울마다 할머니 집 마당에서 밭의 배추랑 무를 바로 뽑아다가 네 키만 한 적색 다라이에 담갔잖아. 너도 요까짓 거밖에 안 되는 손목으로 배추를 날랐었지. 그때는 구경만 해도 막 몇 포기씩 나눠줬어. 동네 분들이 엄청 좋아하셨지."

부모님은 언제나 장사하는 사람은 이타적이어야 한다고 믿으셨어요. '퍼주는 곳은 망하지 않는다'는 신념이셨죠. 엄마가 김치를 담가 작은 통에 담아두면 아빠가 오토바이를 타고 자주 가는 카페나 또또의 근방에 사는 이웃들에게 배달하곤 했어요. 저는 '왜 이렇게까지 해서 나누려고 하시는 거지?' 의아하기도 했지만 조리 실장님과 철균 님에게는 당연한 일이었어요.

"네 가게에서 일하게 되면 한 달에 한 번은 동네 노인분들 모시고 식사를 대접하고 싶어. 가능하다면. 안 되면 어쩔 수 없고."

또또를 시작하기 전에 엄마가 저에게 부탁하신 적이 있어요. 제가 그 깊이를 이해하지 못하고 이유를 되물었을 때 엄마는 말씀하셨죠.

"우리는 서울에 아는 사람이 없어서 뭘 만들어도 나누질 못하잖아."

부모님과 동료로 함께 일하며 저는 노동의 숭고함과 나누는 기쁨에 대해 알게 되었어요. 가진 게 없어도, 나누는 것만큼 채워진다는 것을요.

# 가족의 이름으로

가족이 함께 일하는 선술집의 특별한 점은 가족 구성원과 함께하는 크고 작은 이벤트가 손님들에게 흥미로운 마케팅 포인트가 된다는 거예요. 기획한 이벤트가 혹시나 매출로 이어지지 않더라도 실망할 이유가 없죠. 모든 움직임은 가족에게 추억으로 남고, 추억을 함께해 준 손님들은 또또의 미래가 되니까요.

"또또네는 가족 사업장이라 설을 또또에서 보냅니다. 한국식 선술집 또또와 명절은 잘 어울리는 한 쌍이에요. 윷놀이라도 하고 싶은 마음에 함께하는 작은 놀이를 준비해 봤습니다."

종이로 만든 행운의 뽑기 판에는 각종 주류와 명절 음식, 귀가 택시비 지원 1만 원권, 동료 철균 님의 새해 덕담 등의 상품이 들어 있었어요. "서울은 원래 이런 이벤트를 해? 이런다고 손님들이 와주실까?" 조리 실장님은 반신반의하며 부리나케 명절 음식을 만드셨고, 철균 님은 "아니, 대표님이 저에게 덕담을 할 기회를 주신다고요?" 하며 머

칠을 고심해 설레는 마음으로 덕담을 준비하셨어요.

설 당일이 되자 고향에 가지 못해 명절 음식을 드시지 못한 손님들이 예상보다 더 많이 찾아주셨어요. 전 부치는 냄새가 고소하게 피어난 한국식 선술집에서 행운의 뽑기를 하며 복작복작한 명절 기분을 내셨죠. "선물보다 철균 님의 덕담을 듣고 싶어요." 가장 인기가 좋았던 건 의외로 '철균 님의 새해 덕담'이었어요. 덕분에 아버지는 연습한 덕담을 기쁘게 건네실 수 있었죠. 명절에 준비한 가족 밀착형 이벤트는 또또가 손님들에게 새로운 모습의 고향이 되어 따뜻한 정을 나눌 수 있게 해주었어요. 우리 가족은 이벤트를 준비하며 명절에도 쉬지 않고 일한다는 생각에서 벗어나 손님들과 대가족이 되어 명절을 보낸 기분을 느꼈으니 웃으며 기억할 작은 추억도 하나 더한 셈이었죠.

엄마는 10년 차 고사리 채집가세요. 매년 4, 5월 고사리 철이 되면 오랜 인연이 닿은 안면도의 한 산자락에 가서 자연산 먹고사리를 캐오시죠. 먹고사리는 동이 트기 전,

해가 슬금슬금 올라올 때 고개를 슥 들기 때문에 귀한 녀석들을 먼저 발견해 뽑으려면 자정에 출발해서 밤을 새워야 했어요. "올해도 갈 수 있을까? 가게 때문에 못 가겠지?" 체력과 시간이 많이 들기 때문에 고민하시는 엄마께 말씀드렸어요. "고사리로 육개장을 만들어서 판매할까요? '또사리 육개장' 어때요? 재료를 구하러 가는 거니까 이것도 일이죠!" 우리는 영업이 끝난 후 장비를 챙겨 안면도로 향했어요. 매년 엄마에게 말로만 들었던 안면도 중장리에 처음으로 가본 거예요. 생명력이 가득한 낮은 산에 따사로운 해가 비추자, 고사리가 얼굴을 하늘로 내밀고 우리를 보고 있었습니다. 주변에서는 앰비언트 음악처럼 고요하고 아름다운 새소리가 들려와서 피곤을 잊은 채 여행의 기분을 느낄 수 있었죠. 엄마가 그간 고사리 이야기를 할 때마다 왜 그렇게 반짝이는 얼굴이었는지도 알게 된 소중한 경험이었어요.

"또또가 채집한 안면도 고사리로 만든 사연 많은 또사

리 육개장, 오늘부터 일주일간 선보입니다."

우리는 이때를 또사리 위크로 부르며 손님들께 고사리 육개장을 대접할 수 있었어요. 손님들은 귀하디귀한 자연산 먹고사리로 만든 육개장을 드실 수 있고 저는 엄마의 취미를 함께할 수 있었던 건 가족이 함께 일하는 덕분이었죠.

"이슬이 애기가 나오려나 봐!" 엄마는 요리를 하며 흥분을 감추지 못하셨어요. 우리가 또또에서 일하고 있을 때 저의 둘째 조카가 세상 밖으로 인사를 했습니다. 일상을 보내는 작은 주방은 금세 축복으로 물들었어요. 조리 실장님과 철균 님은 기쁨을 주체하지 못하셨습니다. "여러분 진정하세요. 여기는 일터입니다. 일이 손에 잡히지 않으시면 작은 매생이전을 부쳐서 손님들과 나누는 건 어떨까요?" 실장님은 그길로 열 일 제쳐두고 매생이전을 부치셨고 철균 님은 손바닥만 한 작은 매생이전을 모든 테이블에 드리며 말씀하셨습니다. "저의 손주가 세상 밖에 나왔습니다. 축복의 매생이전을 함께 드셔주세요." 매생이전을 받아든 손님들은 누군가의 할아버지인 철균 님을 꼭 안아주셨어요. 손님들이 배려해 주신 덕분에 영상 통화로 갓 태어난 둘째 조카의 모습을 오래 볼 수 있었습니다. 가족과 함께 먹고사는 것은 무엇보다 중요하지만, 언제나 더 소중한걸 잊어서는 안 되었죠. 손님들은 가족의 생계형 선술집에 찾아오는 작은 행복의 순간에 기꺼이 동참해 주셨어요.

엄마는 매년 정월 대보름을 설레는 기분으로 기다리셨어요. 이날을 위해 1년 전부터 각종 나물을 뜯어 말리기를 반복해 두셨으니, 엄마에게는 가장 손꼽아 기다린 날이었던 거죠.

"정월 대보름에는 해뜨기 전에 일어나서 호두와 땅콩을 깨서 먹으면서 내 더위 가져가라고 말하는 거야. 내 기억은 그래. 오늘은 밥을 아홉 번 먹고, 잠을 자면 안 되는날이야. 나물과 찰밥도 먹어야 하고, 쥐불놀이도 해야 해."

'이렇게 바쁘고 할 일이 많은데, 부럼도 깨고 나물도 무치고 찰밥도 지어야 한다니. 그걸 다 언제 하시려는 거지?'

하는 마음이 당연히 들었지만, 이왕 이렇게 된 거 손님들과도 나눠야겠다는 생각이 들었어요. 메뉴판에 '정월 대보름 맞이 나물과 잡곡밥'이라는 메뉴를 적고 손님들께 판매했죠. 정말 의외였던 건, 포장 주문까지 들어오며 완판을 기록했다는 거예요. 없어서 못 팔았다고 해도 과언이 아니었죠. 꼭두새벽에 일어나서 준비한 엄마의 정성이 매출로도 이어진 날이었습니다.

"복날인데, 속이 허하다. 닭도리탕 해먹을까?" 어느 여름 조리 실장님이 말씀하셨어요. "오늘이 벌써 복날이에요? 실장님, 우리 손님들도 비슷한 기분이시지 않을까요?" 우리는 매년 초, 중, 말복에 반도리탕을 판매하기 시작했어요. 바쁜 일상을 보낸 탓에 복날이 왔는지 모르고 계셨던 손님들은 늦은 저녁 반주와 함께 또또네 가족이 준비한 반도리탕을 드셔 주셨어요. 우리 가족의 보양을 생각하다 떠오른 이벤트 메뉴였죠. 이밖에도 설 연휴에는 직접 빚은 만두로 떡만둣국을, 고향 밭에서 기른 고구마를 수확하는 철에는 고구마 치즈전을, 철균 님이 대마도에서 다금바리를 잡아오면 다금바리 지리탕을 만들어 손님들과 나누었습니다.

또또의 사계는 바쁘고 맛있게 흘러가요. 봄이 되면 봄채소를 수확해 부치고 튀기는 부쳐봄, 튀겨봄과 냉이 주꾸미, 여름이면 젊은 오이를 곱게 채썰어 만든 오이 콩국수와 늙은 오이로 만든 노각밥, 가을이면 달큼한 무로 만든 가을 무밥, 겨울이면 통영 굴로 굴보쌈을 준비하죠. 제철 재료로 만드는 계절 음식은 왠지 모르게 지금을 잘 살아내는 기분이 들게 하니까 우리는 그 기분을 때마다 부지런히 나누고 싶었어요. "사람 사는 거 다 똑같다." 엄마는 자주 말씀하셨어요. 선술집 또또에서 벌이는 크고 작은 움직임에는 우리 가족과 가족 같은 손님들의 안녕을 바라는 마음이 담겨있습니다. 이 애틋한 수고로움은 '가족의 이름으로' 운영하기에 가능한 일이 아닐까요.

# 인턴 철균 님

"저분이 아버지세요? 아유, 너무 보기 좋다. 생각 잘하셨어요. 어르신들도 일이 있으셔야 해요.",

"우리 아빠는 이렇게 못할 텐데, 어르신이 어쩜 저렇게 점잖으세요. 이렇게 늦은 시간까지 젊은 사람들이랑 일하시는 거 쉽지 않을 텐데…"

홀에서 일을 보고 있으면 40~50대로 보이는 손님분들이 저의 어깨를 톡 치며 부모와 함께 일하는 저의 선택에 하이 파이브를 하듯이 말을 건네셨어요. 젊은 세대가 많은 시끌벅적한 선술집에서 남다른 에너지로 움직이는 철균 님을 보면서 각자의 부모님을 떠올리시는 것 같았죠. 그래서인지 주방에서 요리를 하느라 손님들과 교류가 많지 않은 조리 실장님보다 홀에서 친절히 접객하고 치즈 감자전을 8등분으로 공명정대하게 잘라주는 일을 하는 철균 님은 존재만으로도 손님들의 마음을 촉촉하게 만들었어요. 손님들은 그런 아버지의 성실한 움직임을 찍어 SNS에 응원의 글과 함께 올려주셨어요. 덕분에 철균 님은 금세 또또의 마스코트가 되셨죠.

70대인 아버지가 딸이 운영하는 선술집에서 일하며 환영받을 수 있었던 것은 그간의 부단한 노력이 만들어 낸 기적 같은 결실에 가까워요. 철균 님은 1952년생이에요. 6.25 전쟁 직후의 폐허 속에 태어나셨고, 학창 시절에는 4·19 혁명과 5·16 군사정변을 목격하고 청년 시절을 유신 체제 속에서 사셨어요. 가장이 되어 제가 태어날 즈음엔 IMF도 겪으셨으니 역사 시간에나 배우던 이 나라의 거친 파도 속에서 살아오신 거나 다름이 없죠.

"국민학교 때, 버스비가 달걀이었어. 그때는 버스 차장이 기사 옆에 같이 있었는데, 버스를 타서 달걀을 내밀면 차장이 달걀을 옆에 있는 바구니에 담았지. 그때는 그게 돈이었어. 호랑이가 담배 피우던 시절 얘기지."

아버지는 옛날이야기는 재미없다고 잘 해주지 않으셨어요. 다만 그때에 비하면 지금이 얼마나 좋은 세상인지, 이 편리한 세상 속에 얼마나 오래 머물고 싶은지를 자주 이야기하셨죠.

또또를 시작하기 전에 아버지의 파트에 대해 고민이 많았어요. '혹시 손님들에게 반말을 하시면 어떡하지?', '아버지가 건넨 농담에 기분 상하는 손님이 계실까?' 업무적인 실수는 만회할 기회가 있을지 몰라도 여성 손님이 많을 선술집에 농담과 대화의 온도가 다른 연세 지긋한 남성 어르신을 홀 서버로 고용한다는 것은 리스크가 있었어요. 그래서 저는 아버지가 젊은 세대 안에 더 오래 머물게 할 냉정한 방법을 찾아 나섰습니다.

"아버지는 인턴으로 채용할게요. 일하시는 것을 본 뒤 정직원으로 전환하겠습니다. 월급도 지금은 80%만 지급할 거예요. 모든 것에서 한 걸음씩 물러나서 제 이야기를 듣고 반영하여 일해주셔야 합니다. 그렇지 않으면 계속 함께 일할 수 있을지 저도 장담할 수 없어요."

"네. 열심히 하겠습니다, 대표님."

그럼에도 호랑이가 담배 피우던 시절의 문화나 버릇들

은 어쩔 수 없이 아버지에게 남아있었어요. 그럴 때마다 저는 강한 어투로 동료의 실수를 질책하곤 했습니다.

"두 분이 신혼부부이신가 봐?" "또또포차가 사실 평택에서는 유명한 가게였어요." "아이고, 영업부장님 오셨어요?" "어제도 오시더니 오늘 또 오셨네."

"철균 님, 지금 하신 말씀들은 모두 경고입니다. 불편하실 수 있었어요."

"아이구 우리 강아지, 우리 애기는 몇 살이야?" "우리 딸이 참 예쁘게 생겼네."

"철균 님, 이곳에 아빠 애기는 저밖에 없어요."

이 밖에도 손님에게 90도로 인사하는 것, 손님이 계신 테이블에 앉아서 이야기하는 것 등의 불필요한 행동부터 대화 방식까지도 철저히 지켜보며 트레이닝했어요. 쉽사리 고쳐지지 않자 결국 규칙도 만들었습니다. '손님이 먼저 말을 걸기 전까지는 말할 수 없다'는 강력하고 무례한 룰이었어요. 그리고 아빠 연세쯤 되는 직원에게 듣고 싶은 몇 가지 고정된 멘트를 정해서 알려드렸어요. 음식이 맛있다는 칭찬을 들으면 "입맛에 맞으시다니 다행이에요. 감사합니다.", "아이고 감사합니다. 시장하셔서 그렇죠.", "말씀해 주셔서 감사합니다. 좋은 시간 되세요." 세 가지 중에 상황에 따른 하나의 멘트만 하는 연습이었어요.

동료들은 그런 저를 보며 악덕 사장이라고 불렀습니다. 그래도 저는 멈추지 않고 아버지를 설득했어요. 설득이 안 되면 구체적인 멘트를 강요했습니다. 흰머리 지긋한 아빠가 손님들께 고개 숙여 사과하는 모습을 상상하면 일을 하다가도 너무 슬퍼져 머리가 쭈뼛쭈뼛 서곤 했거든요. 혹시나 SNS에 일하는 어르신의 어떤 것 때문에 불편했다는 리뷰라도 올라온다면 아빠가 다 알지 못하는 시대의 흐름 안에서 홀로 극복해야 할 상심과 일에 대한 두려움을 저는 알 길이 없었죠. 대표님을 슬프게 하는 인턴은 정직원이 될 수 없으니 철균 님은 최선을 다해 가깝고도 먼 '다정한 개인주의'를 배우려고 노력해 주셨어요.

세대 간의 적정 거리를 찾아가는 아버지의 접객을 반가워하는 손님들을 볼 때면 나이가 다른 두 세계가 친밀히 악수하는 기분이 들었어요. 손님들은 세상에 섞이려 노력하는 7학년 2반 선배님의 실수를 눈감아 주시는 방식으로 아버지의 손을 살갑게 잡아주셨죠. 젊은 동료들은 손님들이 기뻐하실 접객을 철균 님에게 부탁하며 동료가 일터에 사랑으로 머물 수 있도록 응원해 주기도 했어요. "3번 손님이 하얀 메뉴를 두 개 시키셨으니 이 김치를 가져다 주세요." "아부지, 2인석에 계신 손님께 가서 4인석으로 옮겨드릴 수 있다고 제안해 주세요." 덕분에 철균 님은 여름엔 수박을 나눠주는 수박 요정으로, 겨울엔 기다리시는 분들을 위해 따뜻한 차를 나누는 센스 있는 어르신으로 기억될 수 있었어요.

철균 님은 2023년 3월 9일 3개월의 수습사원 기간을 마치고 정직원이 되셨어요. 철균 님이 정직원이 될 수 있었던 이유는 물론 일을 너무 잘하셨기 때문이지만, 존중받아 마땅한 세월의 지혜를 뒤로한 채 이 불합리한 트레이닝 과정을 웃으며 받아주신 덕분이었어요. 오랜 장사 경력이 있으시면서도 고용된 가게의 기준에 맞추어 자신을 낮출 줄 아는 겸손한 태도는 앞으로 함께 일하는 동안 제가 배워야 하는 어른의 지혜였습니다.

언젠가 또또에 오신다면 흰머리를 감추려 모자를 푹 눌러쓴 70대 홀 서버 철균 님에게 먼저 인사해 주세요. 그분은 딸의 걱정을 약속으로 이행해 주시는 존경스러운 저의 아빠이자, 해주고 싶은 말이 많지만 손님에게 대화의 시작을 양보하는 동료 철균 님입니다.

# 우리가 만든 균형

평택의 또또포차를 서울의 또또로 리브랜딩하는 동안에는 하얀 종이에 알록달록한 색을 칠하는 기분이 들었어요. 한번 들으면 쉽게 잊히지 않는 '또또'라는 상호처럼 우리의 사업은 다채롭고 분명한 색을 갖고 있었거든요. 연령대가 다른 여러 세대가 모여 일하는 곳, 가녀장이 대표로 있는 가족 사업, 포장마차로 시작한 한국식 선술집, 홍제천 앞 재개발 지역의 유일한 술집…. 각각의 특징엔 이야기가 담겨있어서 조화롭게 칠한다면 오묘한 색을 내는 유일무이한 그림이 될 거라는 기대가 있었죠. 반대로 이 개성들을 잘 다루지 못한다면 알기 어렵고 보기 힘든 그림이 되어 또또를 통해 부모님과 저 세 사람의 생계를 유지할 수 없을지도 모른다는 걱정이 되었어요. 특별한 점이 많으면 흥미로우니 첫 방문은 쉽게 이루어지겠지만 임팩트가 너무 강하면 생각만 해도 피곤하거나 쉽게 지루해져 재방문으로 이어지지 않을 수 있으니까요.

또또가 자리 잡은 서대문구 연희동은 감각적인 20~50대 손님들이 살고 있는 동네이기 때문에 공간에서 느껴지는 분위기가 촌스럽지 않은 선에서 편안해야 한다고 생각했어요. 제가 이 동네에서 오랜 시간 지내며 의류업에 종사했으니 퇴근 후 들렀던 술집을 떠올리며 또또의 모습을 그려보는 것이 실질적인 도움이 되었죠. 늦게까지 감각을 곤두세워 일하다 지친 마음으로 가는 술집이 시각적으로 요란하거나 일하는 분들에게 먼저 눈길이 가면 왠지 모르게 일의 연장선처럼 피곤해지곤 했어요. 그래서 퇴근 후에는 자연스레 '나를 숨어 있게 해주는 곳'에 찾아가 시간을 보냈죠. 공간도 사람도 있는 듯 없는 듯 매력적인, 그러면서도 친절하고 맛있는 곳. 거기에다 화장실까지 깨끗하면 고된 하루를 위로받는 기분이 들었거든요. 또또가 저와 같은 누군가에게 그런 곳이 되길 바랐어요.

그래서 우리가 가진 강점을 드러내면서도 손님들에게 부담이 되지 않으려면 균형이 필요하다는 결론에 닿았어요. 어르신들이 늦은 시간까지 근무하시지만 젊은 활기가

있어야 했고, 가족이 함께 운영하지만 직책을 부르며 프로
답게 일해야 했죠. 노포 같은 선술집이지만 화장실이 밝
고 깨끗해야 했고, 어르신들이 듣는 올드팝이 나오다가도
곧 뉴진스 노래가 흘렀으면 했어요. 무던한 공간이지만 디
테일이 세련되어야 했고, 술집이지만 맛집과 밥집 그 사이
어딘가가 되었으면 했습니다.

　가장 먼저 노력했던 건 구성원들의 '캐릭터 구축하기'
였어요. 한없이 나누어주는 우리네 엄마의 모습이지만 주
방에서는 카리스마 넘치는 조리 실장님, 편견 없이 자유롭
고 멋지게 살고 싶어 하시는 모습을 응원하게 되는 씩씩한
연장자 철균 님, 또또라는 작은 배에 손님들을 태워 안전
하게 움직이는 여선장이자 부모님 곁을 지켜주는 든든한
딸. 그동안 가족 안에서의 모습이 어떠했든 간에 또또 안
에서는 건강한 에너지가 있는 각자의 '부캐'가 되고자 노력
했어요. 가족의 선술집을 찾아준 손님들이 늦은 시간까지
일하는 어르신들을 보며 걱정스러운 마음이 들거나 이들

을 책임지는 가녀장 사장이 안쓰러운 마음이 든다면 또또는 마음 편한 공간이 되지 않을 테니까요. 그래서 우리는 손님들의 기를 빼앗지 않으면서도 환영받을 수 있는 각자의 캐릭터를 만들어 움직였습니다.

"찌개가 좋았네요. 육수 좀 더 넣어줄까요?" 실장님은 늘 요리로 손님들과 대화했고, "오시느라 고생이 많으셨습니다." 철균 님은 희망찬 걸음걸이와 상냥한 접객으로 손님을 대했어요. "불편을 드려 죄송합니다." 저는 그 사이 어디쯤에서 그림자처럼 두 분을 보필하며 가게에서 일어나는 모든 일을 책임졌습니다. 높낮이가 각자 다른 세 명의 에너지가 모였을 때 조화롭게 하나가 되도록 노력했어요. 그래야 손님이 언제 찾아주셔도 같은 편안함을 느끼실 테니까요.

공간과 인테리어 면에서도 또또는 노포와 실내포차, 선술집의 분위기를 함께 가지고 있어요. 노포에서 볼 법한 메뉴를 다루는데 테이블 배치는 실내 포차가 생각나고, 아늑한 조명과 단조로운 나무 인테리어는 선술집을 연상시키죠. 꼭 필요한 인테리어만으로 준비한 소박한 공간은 재정적인 상황이 만든 결과이기도 했지만 화려한 조명이 필요 없는, 삶의 내공으로 빛나는 시니어 동료들을 위해 비워둔 무대였어요. 공간을 깊이 있게 채우는 어르신들의 세월의 향기가 또또의 값비싼 인테리어가 되는 셈이죠.

"Let it be, let it be~"

"Ra-ta-ta-ta 울린 심장 (Ra-ta-ta-ta)~"

지금은 찾아주시는 손님분들로 북적이기 때문에 배경음악이 잘 들리지 않지만, 또또의 플레이리스트는 어르신 동료들이 듣는 올드 팝부터 뉴진스 같은 젊은 세대의 노래들까지 랜덤으로 재생되게 설정해 두었어요. 20~70대가 함께 일하는 또또에서만큼은 어떤 연령대의 손님들이 오시더라도 소외되었다는 느낌이 들지 않길 바랐어요. 연세가 지긋한 손님이 찾아오셨을 때 낯선 노래가 흘러 혹시나 초조함을 느끼시더라도 다음 곡에서 '엇? 김창완 노래가 나오네? 여기는 내가 있어도 되는 곳이구나' 싶은 안정감이 든다면 다양한 세대의 방문을 환영하는 가족의 마음을 대신 전달할 수 있을 것 같았습니다.

지금 또또는 술집이자 맛집, 밥집처럼 운영되고 있어요. 오픈해서 1년까지는 '식당화'가 되는 것을 우려하며 지양했어요. 대식구의 생계가 달린 또또의 주류 매출이 낮아진다면 운영에 어려움이 생길 수 있었기 때문입니다. 그래서 이용 방법에 "주류 주문이 필수인 선술집"임을 알리고, 공깃밥을 판매하지 않으면서 이곳이 술집임을 다시 한번 정의했죠. 그런데, 운영할수록 또또에는 인상적인 점이 있었어요. 주 2~3회 방문해도 심적인 부담감이 덜한 밥술집이라는 점이었습니다. 어느 날은 반가운 친구와 함께 맛있는 안주와 술을 즐기고, 또 어느 날은 부모님과 함께 반주를, 기념일에는 애인과 함께 예쁜 병에 담긴 전통주를 즐기는 공간이 되어 있었던 거죠. 그래서 개업 1년 후부터는 재방문이 잦은 또또의 쓰임을 이해하고 감사한 마음으로 공깃밥을 판매하기 시작했어요. 술집, 맛집, 밥집 세 가지로 불릴 수 있다는 건 그만큼 손님들을 더 자주 뵐 기회가 주어지는 셈이니 수익 측면에서도 큰 장점이었죠. 여전히 주류가 필수이지만 찾아주시는 손님분들의 상황에 따라 운영의 균형을 맞추고 있어요.

요즘은 개업 후 3년이 넘는 시간 동안 저를 믿고 열심히 일해주신 어르신 동료들의 근무 시간을 현저히 줄였어요. 저는 매출에 대한 고민보다 가족과 함께 건강하게 일할 방법을 찾는 시간이 더 많아졌습니다. 가족의 간절함으로 채워갔던 형형색색의 그림들을 뒤로하고 앞으로는 어르신들을 모시고 뭉근하고 아름다운 수채화를 그릴 거예요. 가족이 오래 함께 건강하고 행복하게 생계를 유지하기 위해서요. 이게 제가 생각하는 가녀장으로서 저의 삶의 균형이기도 하니까요.

# 4

# 세대를 넘어
# 함께 일하기

# 확장된 가족

　개업 후 얼마 지나지 않은 조용한 어느 날, 마감을 앞
두고 운동복 차림의 한 남성분이 들어오셨어요. 고요한 선
술집에 반가운 에너지가 섞이고 있을 때, 손님은 조심스레
말을 건네셨습니다.

　"죄송한데… 혹시 생맥주만 한 잔 할 수 있을까요?"

　또또는 홍제천을 마주 보고 있어 러닝을 하다 들르기
좋은 위치이기에 가벼운 마음으로 생맥주만 한 잔 하시는
곳이 되는 것도 선술집으로서 좋은 쓰임이었어요. 그러나
다른 손님이 한 테이블도 없는데도 모두에게 공평한 룰을
지켜야 한다고 생각했던 초보 사장은 융통성이 없었죠.

　"정말 죄송한데, 안주를 주문하셔야 해요. 부담스러우
시면 추가 메뉴인 '찬.찬.찬'은 어떠세요?"

　손님은 그날의 반찬 세 종류가 나오는 작은 메뉴를 주
문하시고는 차가운 생맥주 한 잔을 벌컥벌컥 비웠어요. 그
리곤 감사하다는 인사를 남기고 바삐 떠나셨습니다. 손님
이 다녀간 자리에 남아있는 접시들을 치우며 왠지 모를 죄

송함이 마음에 남았어요. 그리고 다음부터는 늦은 시간 생맥주 한 잔을 원하시는 손님께는 안주를 권하지 않겠다고 다짐했죠. 동네에 몇 없는 선술집이 그런 편의를 드리지 못하는 건 아무래도 서운한 일이라는 생각에서였어요.

봄이 오자 홍제천에서 운동을 하고 마지막 코스로 오시거나 퇴근길의 소중한 생맥주 한 잔을 위해 잠시 들러주시는 손님이 늘어갔어요. 저는 그때의 실수를 기억하며 또또가 다양하게 쓰이는 것을 감사한 마음으로 지켜보았습니다. 일상과 밀접한 외식업에 고정된 룰을 적용하는 건 의미가 없다는 것을 경험으로 알아가고 있었죠. 그 이후로도 운동복 차림의 손님에게 드릴 생맥주를 따를 때면 '첫 러너 손님'이 떠올랐습니다.

'이래선 안 되겠다. 인스타그램에서 손님을 찾아 덕분에 배웠다고, 늦은 시간엔 생맥주만 드셔도 괜찮다고 DM을 보내야겠다.'

며칠간 SNS에서 손님의 계정을 수소문했지만 결국 찾

지 못했어요. 언젠가 러닝 후에 마시는 시원한 생맥주 한 잔을 대접하고 싶었는데 말이죠.

어느덧 '맛술집'이라는 타이틀을 갖게 된 또또는 감사하게도 일손이 부족한 상황이 되었어요. 동시에 제가 이 사업을 계획하며 가장 우려했던 직원을 뽑아야 하는 시점이 왔습니다. 가족이 아닌 새로운 동료의 입장에서 보면 또또는 일하기 수월한 곳이 아니었어요. 동료라고는 부르지만 사장만 셋인 데다가 4평 남짓한 좁디좁은 주방에서 한 가족과 긴밀히 호흡해야 하는, 차라리 가족이 되는 편이 나은 직장이니까요. 게다가 저를 제외한 두 분의 연세는 당시 65세, 71세. 제게는 좋은 동료이자 부모이지만 어쩌면 저에게만 좋은 조건일 수 있었죠. 새로운 동료가 가족 구성원 안에서 소외감을 느끼거나 공과 사 구분이 쉽지 않은 가족 공생형 가게에 금방 피로감을 가질까 봐 우려할 수밖에 없었어요.

그중에서도 가장 걱정이 되었던 건 부모님과 젊은 동료

간의 세대 차이였어요. 부모님이 자식 같은 동료들에게 상처받거나 오해를 사는 일이 생길까 봐 지레 겁이 났죠. 어르신들이 낯선 서울에서 젊은 세대의 틈바구니에 섞여 노력하다 마음을 다치신다면 사업을 처음 시작할 때 다짐했던 '공생'이라는 목표에 반하는 일이 될 테니까요.

오랜 고민 끝에 새로운 구성원에 대한 걱정과 기대의 마음을 담아 구인 공고 게시글을 올렸어요. 며칠 후 한 통의 메일이 도착했습니다.

"안녕하세요. 또또에 지원하게 된 김규호입니다. 또또의 첫인상이 매우 뜻깊었는데, 홍제천 운동 후 지나가다 홀린 듯 들어가게 된 신기한 경험이 있습니다. …"

이력서 외에도 또또에 대한 자신의 생각을 편지 형식으로 보내준 규호 님은 놀랍게도 제가 오매불망 찾고 있던 그때 그 손님이었어요.

면접에서는 규호 님 덕분에 유연해진 또또의 접객 방식에 관해 이야기하며 고마운 마음을 전할 수 있었어요. 규호 님은 홍제천 앞에 생맥주를 마실 수 있는 선술집이 생긴 것만으로 얼마나 기쁜지 다정하게 화답해 주었죠. 저는 일에 대한 다짐이나 본인의 장점 등에 대한 질문은 하지 않았어요. 다만, 사장이 셋인 또또의 어려움과 우리 가족이 얼마나 절실하게 이곳에 모였는지, 바쁘게 달려온 그간의 여정을 설명했죠. 새로운 동료를 뽑기가 얼마나 망설여졌는지도 솔직하게 이야기했어요.

"우려하시는 것이 뭔지 알 것 같아요. 그런데 저는 어르신들이랑 일해보면 좋을 것 같은데요. 그런 기회는 별로 없잖아요."

"오히려 바쁜 곳에서 배우고 싶어요. 그러려고 또또에 지원했는걸요."

"곧 테니스 대회가 있는데, 혹시 가능하시다면 그때만 시간을 비워주실 수 있을까요?"

시간이 없어 짧게 끝내야 했던 면접은 1시간이 훌쩍 넘어 있었고 반듯해 보여야 한다는 생각에 허리를 꼿꼿이 세

우고 있던 초보 사장은 도리어 규호 님으로부터 밝고 따뜻한 에너지를 받아 마음이 몽글몽글해지고 있었어요.

'아, 이분은 손님과 동료들의 에너지를 뺏지 않을 친구구나. 상대방을 주인공으로 만들어 줄 줄 아는 귀한 사람이다.'

우리의 첫 동료 규호 님은 대학에 다니면서 카페 일도 하고 틈틈이 운동도 하는 에너지 넘치는 청년이었어요. 또 또 식구들이 오픈 준비로 지쳐있으면 규호 님이 출근해서 그날의 영업 시작을 경쾌하게 알리며 사기를 북돋아 주었죠. "자, 오늘도 또또 열차 출발합니다. 뿌우~ 뿌우~" 하면서요.

특유의 다정하고 건강한 에너지는 손님들에게도 예외가 아니었어요. 그래서인지 또또의 손님들은 처음 보는 청년을 당연히 우리의 가족이라고 생각하시는 듯했죠.

규호 님은 연세가 많은 동료들이 일상에서 어떤 것을 어려워하실지 예상하고 행동할 줄 아는 근사한 어른이기도 했어요.

"실장님, 그거 무거우니까 제가 들게요."

"아부지, 근처에 병원은 인터넷에 검색하면 바로 나와요. 제가 알려드릴게요."

그 밖에도 핸드폰 벨 소리 바꾸는 법, 택시 부르는 법, 네이버 지도 보는 법, 맛있는 빵을 파는 가게 등을 딸인 저보다도 살뜰히 알려주곤 했어요.

조리 실장님과 철균 님은 그런 규호 님에게 '반장님'이라는 별명을 붙이며 의지하셨어요. "이 술은 무슨 잔에 나가면 손님들이 좋아하실까요?" "반장님, 오늘 매출은 어떻게 보십니까?" "반장님, 내일도 나오셔요?" "반장님, 내일은 고기반찬 해줄까요?"

제 우려와 달리 반장님과 동료들은 세대를 넘어 서로를 배려하며 존중하는 동료애를 쌓고 있었어요. 어르신들이 휴무 날에 규호 님이 일하는 카페에 자주 놀러 가시기도 했으니, 부모님에게는 서울에서 처음 생긴 동네 친구이자 기댈 수 있는 또 다른 아들인 셈이었죠.

규호 님은 또또가 사랑받는 이유가 가족이 함께하기 때문이라는 것을 마음으로 이해하고 배려해 준 첫 번째 동료였어요. 덕분에 생긴 용기로 선술집 또또에는 이제 서른 살 터울의 동료들이 확장된 가족의 형태로 일하게 되었습니다. 세대 차이를 도리어 양분으로 삼아서요. 가족의 생계를 위해 차린 작은 선술집에서 또 다른 동료들이 자신의 미래를 위해 건강하게 노력하고 있다는 것을 믿게 되니 가족 공생형 사업이 더 먼 곳으로 나아갈 수 있다는 희망을 가질 수 있었어요. 모두 존재만으로도 든든한 또또의 첫사랑 덕분입니다.

# 사적인 직원 관리

시니어 가족과 동료로 함께 일하는 또또는 운영과 경영, 직원 관리의 방법이 일반적이지는 않아요. 채용부터가 아주 사적이기 때문일지도 모릅니다.

"규동이 가게 폐업한대. 이제 일이 없으니 어쩌지? 아직 사업 빚이 남아있을 텐데 우리 나이에 어디서 써줄 리도 만무하고…."

또또를 운영한 지 1년이 지났을 무렵, 어릴 때부터 가족과 가장 가까이 지내왔던 엄마의 절친한 친구인 규동 삼촌이 사업을 정리한다는 소식을 전해 들었어요. 삼촌은 뭐든지 새것으로 만드는 맥가이버셨고, 이 장기를 활용해 반품된 전자 기기를 수리해 판매하는 작은 리퍼 숍을 운영하셨었죠. 그래서 개업을 준비할 때 필요한 전자 기기 일부도 삼촌의 리퍼 숍에서 받을 수 있었고 중고 가전으로 가득한 또또의 주방 설비가 고장났을 때도 도움을 받았어요. 한창 바쁜 시기에는 주말마다 서울로 올라와 설거지를 도와주기도 하셨으니, 물심양면으로 또또를 돕는 숨은 조력자이자 고마운 가족인 셈이었죠.

그런 삼촌이 뜻하지 않은 은퇴로 일선에서 물러나 걱정 어린 마음으로 일상을 보낼 상상을 하니 가족 모두 마음이 편치 않았어요. 마침 또또는 한창 성업 중이었기에 저는 동료들에게 공표했습니다.

"규동 님을 기술자로 영입합시다."

또또를 운영하며 시니어 동료들이 얼마나 성실하고 정 직한지 이미 알고 있었기 때문에 고민은 길지 않았어요. 삼촌이 가진 손재주는 적은 예산으로 시작한 또또의 아쉬 운 틈새를 튼튼하게 재정비하는 방법으로도 의미가 있었 죠. 더욱이 서울 생활이 낯선 부모님에게 자차가 있는 고 향 동년배 친구의 등장은 새로운 에너지를 주기에 충분해 보였어요. 조리 실장님과 철균 님은 삼촌을 모셔 올 재정 적인 여건이 안 되면 본인들의 연봉을 낮춰달라고까지 이 야기하며 또 다른 60대 동료의 입사를 환영해 주셨습니다. 또또의 채용은 사업을 시작할 때도, 성업 중이었던 1년 후에도 상황이 어려운 가족을 보듬는 방식으로 진행되었어요. 보통의 직장에서는 쉽게 볼 수 없는 지극히 사적인 채용 방식이었죠.

"사장님, 죄송하지만 혹시 다음 달에 제가 긴 여행을 다녀와도 될까요?"

동료 규호 님이 대학교 졸업 기념으로 친구와 함께 유럽 여행을 다녀오고 싶어 했어요. 일손이 부족할 것을 알기에 고민하는 듯했죠. 가족이 운영하는 일터의 장점은 가족 구성원들이 운영에 몰두하기 때문에 젊은 직원들의 스케줄이 자유롭다는 점이에요. 월별 근무 스케줄을 정할 때도 상대적으로 활발한 활동을 할 젊은 동료들의 휴무일을 우선적으로 배치하고 가족 구성원들은 남은 일자를 채우며 근무하는 방식으로 정하곤 했어요. 가족에게 또또는 다른 어떤 인생 계획이나 스케줄보다 중요한 비즈니스였기 때문에 어떤 날, 어떤 방식으로 일을 하더라도 큰 불만이 생기지 않았거든요.

저는 젊은 동료들에게 가족들이 근무 시간의 경계 없이 일하는 또또의 '무경계 근무제'를 잘 활용하라고 말해주곤 했어요. 사장이 여럿인 직장에 불편한 점만 있는 건 아니라는 점을 알려주고 싶었죠. 나아가 체력적으로 약한 어르신들을 배려하며 다정한 마음으로 일하는 동료들의 노고를 자유로운 스케줄로 치하해 주고 싶었어요. 어르신 동료들의 체력은 예전 같지 않으셨지만 한창 반짝일 젊은 동료들에게 본인들의 시간을 기꺼이 양보할 수 있는 '부모의 마음'은 늘 충분했으니까요.

저는 확신에 찬 얼굴로 규호 님에게 말했어요.

"무조건 가야지, 고민할 일이 아니에요. 어르신들께 도와달라고 해볼까요? 기뻐하실 거예요."

아니나 다를까 철균 님은 얘기를 듣자마자 황홀한 얼굴이 되어 말씀하셨어요.

"우리 규호 씨, 정말 자랑스럽다. 한 번뿐인 인생이고 젊음이야. 열심히 일해서 번 돈으로 유럽 여행을 갈 수 있다니 존경스럽네. 아빠 꿈도 더 늦기 전에 스페인에 가서 가우디의 건축물을 보는 거야."

마찬가지로 이야기를 들은 조리 실장님은 얼마 뒤 여행에서 쓸 여비를 용돈이라며 규호 님의 손에 쥐여주셨어요. 그리곤 철균 님과 비밀스러운 눈빛을 주고받으며 말씀하셨죠.

"대표님, 그러면 저희는 보너스가 있나요?"

무경계 근무제는 귀찮음이 없는 부모 세대와 하고 싶은 일이 너무 많아 늘 시간이 부족한 세대가 함께 일하는 일터가 가진 순기능 중 하나였습니다.

이 밖에도 세대를 아우르는 동료와 함께 일하면 특별한 일이 참 많아요. "대표님, 오늘은 낮잠을 못 자서 일을 하기가 어려워요." "고기가 맛있게 무쳐졌는데 포장해서 손주를 줘도 될까요?" "김치를 담갔는데 뭐 따로 챙겨주시는 건 없나요?" "쉬는 날인데 할 게 없어 심심해요. 오늘 일해도 될까요?" 등 미처 생각하지도 못한 애로 사항과 요구가 쏟

아지거든요. 그래서 휴식이 필요한 어르신 동료에게는 침대로 '잠퇴(잠깐 퇴장)'를 보내드리기도 하고, 일이 필요하시다고 하면 담당할 일을 만들어 드리기도 했어요. 손주에게 가져다줄 맛있는 음식을 또또의 주방에서 챙기기도 하고 김치를 담갔을 때는 특별 김치 보너스를, 동료들이 키운 고구마를 납품받은 후엔 재료 기증 감사 여행을 보내드리기도 했습니다. 또또의 3주년에는 그동안 무경계 근무제로 일해온 어르신 동료들께 건강 검진을 선물할 수 있었어요. 가족 구성원이 함께 일하는 가게의 아주 사적인 직원 복지입니다.

세 살 능력 여든까지

또또가 무탈하게 영업을 유지할 수 있었던 건 가족의 간절함이 가져온 기적이기도 하지만, 여타 다른 사업과 마찬가지로 매출이 좋았기 때문이에요. 제가 가장 중요하게 생각한 건 세대가 다른 가족 동료들의 장점을 살리고 단점은 눈감는 방식으로 각자의 매력을 찾아 일하면서 수익을 높이려 노력하는 일이에요. 이제 어르신들은 단점을 장점으로 만드는 것보다 각자의 특별한 점을 매출에 도움이 되게 활용하는 것이 더 수월한 연세이죠. 세 살 버릇 여든 간다는 말은 정말이거든요. 저는 이제는 쉽게 바꾸기 어려운 어르신 동료들의 특별한 습관이나 기술들이 작게나마 운영에 도움 되는 방향으로 이어질 수 있는지 발견하는 역할을 하고 있어요.

철균 님은 예전부터 수에 밝으셨어요. 그래서 저는 항상 계산기를 켜기 전에 아빠부터 찾았죠. "철균 님, 1.2kg 치즈를 150g으로 소분하면 몇 개가 나와요?" "오늘 테이블 단가는 어떻게 될까요?" "이런 추세로 하면 부대찌개는 하루에 몇 개씩 준비하면 될까요?" "이번 달 평균 매출은 어때요?" 아버지는 숫자에 관련된 문제는 뭐든지 막힘없이 계산해 알려주셨어요. 또, 어떤 일을 하든 마음속으로 숫자를 세는 버릇이 있으세요. 그래서 바쁜 시간에 마음이 조급해서 차분한 마음으로 할 수 없는 단순 업무들을 철균 님에게 부탁드리면 숫자를 세면서 일을 처리하셨죠. 끝없이 나오는 숟가락과 그릇을 마른행주로 닦을 때도 마찬가지였어요.

"오늘은 92개의 숟가락이 나온 걸로 봐서 80여 명의 손님이 찾아주신 것 같습니다. 몇 개는 떨어뜨리셨을 것 같아요."

아버지는 이것이 치매 예방의 지름길이라고 하셨어요.

철균 님은 오랜 시간 배달 일을 해오셨기 때문에 '무언가를 배달해 주는 일'도 좋아하세요. "퐁퐁 할아버지, 퐁퐁 좀 부탁드려요." "양념 할아버지, 양념 좀 채워주세요." "고기가 떨어졌는데 혹시 지금 정육점에서 사다 주실 수 있을까요?" 연신 쏟아지는 귀찮을 법한 심부름 같은 일들을 기쁜 마음으로 해내며 다른 동료들의 시간과 집중력을 벌어주시죠. 또또는 늦은 시간까지도 재료 소진이 거의 되지 않아요. 필요할 때마다 오토바이로 시장에 다녀오는 동료 철균 님이 있기에 가능한 일이죠. 철균 님의 성실한 배달 능력은 손님들의 만족도를 높일 뿐 아니라 매출로도 이어지고 있어요.

실장님은 드라마 『응답하라 1988』에서 볼 법한 손 큰 어머니의 표본이세요. 오랜 요리 경력으로 내공을 갖췄기 때문에 손이 빠르기도 하시죠. "실장님, 오늘은 날씨가 쌀쌀해서 보쌈을 주문하는 손님들께 뜨끈한 미역국을 끓여 드리면 어떨까 싶어요." 실장님은 저의 말이 끝나기 무섭게 체감상 10분 안에 10인분의 미역국을 만들어 두세요. 동료들은 실장님께 스텝밀을 요청드릴 때 심각하게 회의하며 고민하곤 합니다. 어쩌면 며칠 동안 먹어야 할 수도 있거든요. 이런 특별한 손을 가진 실장님의 능력도 매출로 이어져요. 특히나 안주 주문이 많아 바쁜 주말 저녁에 주방을 맡은 민자 실장님은 훨훨 날아다니죠. 이때는 적은 양의 음식을 정교하게 부탁드리기보다 맛깔나는 많은 양의 음식을 빠르게 해달라고 요청하는 편이 운영에 도움이 돼요. 혹여나 준비한 재료나 음식이 남으면 손님들과 조금씩 나눌 수 있으니 넉넉한 인심이 있는 가게라는 타이틀을 덤으로 가져가기도 하죠.

규동 삼촌은 엔지니어 출신답게 일을 뭐든지 꼼꼼하고 섬세하게 처리하세요. 두부 하나를 자르더라도 뭉근한 두부에 각이 나와요. '삼촌이 자른 모든 두부의 무게가 똑같지 않을까?' 하는 생각이 들게 하죠. 그래서 삼촌께는 시간이 걸려도 정교함이 필요한 일을 부탁드려요. 당근을 꽃처럼 조각하는 일, 청양고추를 최대한 얇게 써는 일, 채소를 신선하고 예쁘게 준비하는 일 같은 걸 담당하시죠. 삼촌 손을 거치면 상추와 깻잎도 꽃이 되거든요. 그래서 손님들이 주문하신 메뉴를 받았을 때 '와! 이 집 너무 예쁘게 나온

다. 이건 사진으로 남겨놔야 해' 하는 마음이 들게 한다고 생각해요. 실제로 손님들이 SNS에 올려주시는 또또의 메뉴 사진들은 삼촌의 꼼꼼하고 청결한 터치가 들어간 작품 같은 안주들이거든요.

게다가 삼촌은 에어컨 필터 청소나 주방 구조를 바꾸는 일, 작은 부품들을 깔끔하게 보관하는 일, 식물을 돌보는 일 등을 하시니 또또가 안전하게 운영될 수 있게 정비하는 일도 담당하고 계신 거예요. 반대로 삼촌은 충청도 사투리를 쓰시는 마음이 느긋한 분이셔서 바쁜 날에 생긴 에피소드도 많아요. 한번은 다급한 마음으로 설거지하는 삼촌에게 말씀드렸어요. "삼촌, 뒤에 설거지 있어요. 이거 먼저 부탁드려요." 그러자 무심하고 친근한 말투로 말씀하셨죠. "앞에도 있어유~"

가족 공생형 선술집 또또가 매출 면에서도 유의미한 성과를 낼 수 있었던 건 모두가 입체적이고 매력적인 주인공으로 존재하기 때문이에요. 함께해 주는 젊은 동료들은 어르신들이 주인공인 공간 안에서 조용히 균형을 맞추는 일을 담당하고 있죠. 젊은 동료들은 시니어 동료들을 배려하는 마음으로 업무에 임하기만 해도 스스로 빛을 내니까요. 저는 또또를 경영하며 어르신 동료들은 각 분야에서 숨은 고수라는 것을 알게 되었어요. 세 살 능력은 여든까지 멋지다는 것도요.

# 나이를 초월한 동료애

  팀 또또의 시니어 동료 세 분의 평균 연령은 70세. 또또에서 노후를 보내고 계시기 때문에 세대가 어우러지는 일터에는 매일 새로운 어려움이 생겨요. 그래서 저는 젊은 동료들이 어르신들과 근무 중에 겪는 애로사항을 재밌는 에피소드로 여기며 다정하게 일할 수 있는 방법을 찾고 있어요. 특별한 룰과 벌칙을 만들고 간단한 게임을 제안하기도 하면서요.

  지나온 세월만큼 셀 수 없는 매력과 함께 일상적인 실수가 가장 많은 것은 철균 님이세요. 오토바이를 오래 타셨던 아버지는 겨울이 되면 이따금 돌돌 말린 휴지로 코를 청소하는 버릇이 있었어요. 연세가 많아 자주 깜빡하시기 때문에 날이 추워지면 동료들이 함께 쉬는 공용 공간에서 휴지통에 들어가지 못하고 덩그러니 놓인 휴지를 볼 수 있었죠. 실수가 몇 번 반복되자 다른 동료들이 불쾌할 수 있다고 생각해 어느 날 공지를 했습니다.

  "철균 님의 돌돌 코 휴지를 주우신 분은 들고 오시거나 사진을 찍어 공유해 주세요. 버려주시는 대신 오천 원의 상금을 드리겠습니다. 코가 두 쪽이니까, 그럼 한 번에 만 원인 거예요. 상금은 철균 님께 벌금으로 받아 수여하겠습니다." 이때부터 동료들은 겨울이면 휴식 공간에서 돌돌 휴지를 발견하는 재미가 있었어요.

"아부지, 이것 보세요. 제가 발견했어요! 이거 두 개면 만 원이에요, 만 원!"

어떤 일이든 명명백백 올곧은 판단을 해서 판사님이라는 별명을 가진 동료 혜연 님이 쉬는 시간에 휴지 두 개를 들고 부리나케 가게 안으로 뛰어 들어왔어요.

"아이코, 미안합니다. 또 걸렸네, 또 걸렸어. 이상하게 판사님한테만 걸리네. 역시 판사님은 판사님이네." 아버지는 이마를 짚으시며 말씀하셨죠.

"와 부럽다. 혜연 님, 발견 위치가 어디였어요? 거의 부수입이다. 저도 다음에 거기를 둘러봐야겠어요." 다른 동료들은 혜연 님의 행운을 부러워했어요.

"아니, 이게 제 것이 맞나요? 아무 휴지나 돌돌 말아오신 건 아닌지 의심스러워요." "아이쿠, 제가 커피를 사드리고 싶어서 일부러 놓은 것인데요."

자식 같은 동료들에게 이따금씩 용돈을 주는 이벤트 같기도 했던 아버지의 실수는 동료들의 유쾌한 웃음과 함께 점차 줄어갔죠.

아침부터 시장 사입을 다니는 철균 님과 영업 전 재료 손질을 담당하는 조리 실장님과 규동 님은 집보다도 또또에서 보내는 시간이 더 많으세요. 한 달의 절반가량이 휴무이시지만 쉬는 날에도 또또에 와서 일을 도우며 시간을 보내거나 가게에 모여 식사를 하시기 때문에 출퇴근의 경계가 없는 직장 생활을 하고 계시죠. 그래서 가게에 오래 머무른 어르신들의 에너지와 정해진 스케줄대로 오후에 출근하는 젊은 동료들의 에너지는 크게 다를 수밖에 없었어요. 그럴 때면 저는 어르신들의 호기심과 흥미를 유발해 에너지를 높이기 위해 매출을 맞추는 게임을 제안했습니다.

"오늘은 매출 내기를 합시다. 인당 오천 원씩 지원할게요. 아무래도 목표는 높게 잡아야겠죠, 철균 님? 설마 돈을 벌기 위해 낮게 걸진 않으시겠죠."

"아, 오늘은 날씨가 추워서 예측이 쉽지 않겠는데요, 대표님. 자꾸 상한선을 높이시는데 순수한 직원들을 데려다 매출을 높이려는 새로운 전략인가 봐요?"

메모지에 각자의 이름과 함께 그날의 예상 매출을 적기 시작하면 영업 준비에 박차를 가하며 굳은 얼굴로 바삐 움직이고 있던 조리 실장님도 화구 앞에서 함박웃음을 지으며 영업의 결의를 다지셨어요. "누가 이렇게 목표를 높게 잡았어요? 어떤 직원이 이렇게 멋진가요?" 너스레를 떨면 느슨해졌던 분위기는 금세 활기를 띠고, 종일 바쁘게 일하면서도 오늘의 행운이 누구에게 갈지 농담을 주고받으며 웃음이 끊이질 않았죠.

그밖에도 커피를 건 사다리 타기, 차등 보너스가 있는 복권 긁기, 시대착오적 발언을 하면 벌금 만 원 등 오해 없이 활기찬 팀워크를 위해 소소한 이벤트를 만들었어요. 에너지 있게 일하는 것은 물론 매출에도 도움이 되지만 연령대가 다른 서로를 어려워하지 않고 화목하게 일하는 또또만의 분위기를 만드는 데에 큰 의미가 있었죠. 나이를 초월한 동료애가 생기자, 일터 밖에서도 따뜻한 에피소드들이 만들어졌습니다.

"안아, 이사를 언제 한다고 했지? 우리가 가서 집을 좀 봐야 하는데."

어르신들은 자식 같은 동료들의 대소사에 관심이 많으셨어요. 이름의 발음이 어려워 '안이'라고 불리는 20대 초반의 동료 유안 님이 또또 근처로 이사를 한다는 소식을 들었을 때 어르신들은 너 나 할 것 없이 반짝이는 눈으로 본인들의 근무 스케줄부터 체크하셨어요. 고향을 떠나온 동료 안이를 위해 새집이 안전한지 살피고 각자가 할 수 있는 방법으로 새로운 출발을 응원해 주셨죠. 손재주가 좋은 삼촌은 집안 집기나 전기, 수도 등을 살펴 고치고 실장님은 쉽게 없어지지 않는 이사의 얼룩들을 엄마의 지혜로 깨끗이 지워주고 집에서 먹을 반찬들을 살뜰히 챙기셨어요.

이런 애정을 받은 젊은 동료들은 어르신들의 휴무일을 다채롭게 해주거나 어려움이 있을 때마다 유일무이한 친구가 되어주었어요. 화려한 차림이 멋있어 '연예인'이라고 불리는 30대 동료 나현 님은 어르신들의 건강 검진을 비롯해 병원에 갈 일이 있을 때마다 휴무 날에도 일을 대신 하러 와주었고, 여행을 갔다 돌아올 때면 양손 가득 그 지역에서 유명하다는 간식들을 챙겨왔죠. 매주 제빵 학원에 다니는 유안 님은 수업이 끝나면 쉬는 날임에도 불구하고 그날 만든 빵을 들고 어르신들을 찾아왔어요. '반장님'으로 활동하며 항상 옆에서 동료들을 보필하는 규호 님은 체력을 안배할 수 있게 근무 시간을 관리하며 빠른 퇴근을 도왔고 어르신들이 일상에 지루함을 느끼시면 본인의 차를 몰아 호숫가에서 콧바람을 쐬게 해드렸죠. 가장 격의 없이 친구처럼 지내다 퇴사한 '판사님' 혜연 님은 종종 근사한

레스토랑에서 만나 함께 브런치를 먹기도 하며 여전히 어르신들의 절친이 되어주고 있어요.

끝없이 베푸는 어르신 동료들의 지혜와 사랑은 또또의 동료애를 쌓는 기반이 되었어요. 저는 그런 어르신들의 업무 중 실수가 우리 삶에 극히 작은 일부분일 뿐이라는 것을 유쾌하고 따뜻한 에피소드 안에서 자연스레 받아들일 수 있길 바랐어요. 이해할 수 없는 세대 차이는 그대로 둔 채 경험이나 나이를 떠난 개인을 호기심으로 바라보면서요. 앞으로도 체력이 많은 사람은 체력을 쓰고, 지혜가 깊은 사람은 지혜를 나누는 방식으로 또또의 다정한 미래를 만들어 가고 싶어요.

# 5

# 일에서 배운
# 삶과 사랑

사랑 안에 공과 사

"아니, 살림이 이게 뭐야? 우리 딸, 서울에서 잘 살고 있는 거 아니었어?"

항상 바쁘고 고되게 사는 부모님께 제 삶에 관한 걱정까지 드릴 수는 없었기에 저는 제 이야기를 나누지 않는 비밀스러운 딸이었어요. 그런데 십여 년 만에 별안간 막내딸의 집에 가족이 함께 모여 살기 시작했으니, 부모님 입장에서는 새롭게 알게 된 사실이 많으셨어요. 대부분의 시간을 회사에서 보냈던 저의 살림살이에 실망하시는 건 어쩌면 예견된 일이었죠. 그동안 엄마가 살뜰히 챙겨준 음식들이 냉동실에 꽁꽁 얼어있기도 했으니 저의 삶이 본의 아니게 엄마를 속상하게 만들었어요.

"야무진 내 막내딸 어디 갔어? 이래가지고 사업을 어떻게 한다는 건지 걱정이다, 정말…"

사랑하는 사람과 함께 있으면 행복하지만 사랑하기 때문에 도망치고 싶은 것처럼 부모님과 함께 살게 되면서는 밝은 외로움이 찾아왔어요. 집이 반짝반짝해질 때마다, 이름 모를 꽃과 화분들이 하나씩 늘어날 때마다 아이러니하게도 제가 쉴 곳을 잃는 기분이 들었거든요. 그럴 때면 생각했습니다. '모든 일이 가족 사업의 일부다.' '이 꽃도 내 미래야.' '여기는 또또의 기숙사다!'

또또가 개업하고 나서는 아침에 눈을 뜨자마자 일 이야기를 시작해 퇴근 후 집으로 걸어가 잠들기까지도 일 이야기가 끊이지 않아서 하루가 온통 일의 연장선인 것 같은 기분이 들었어요. 서울이 낯선 부모님에게는 어떤 이야기도 잘 들어주는 친구 같은 딸과 오늘의 업무 능력이 얼마나 근사했는지 칭찬해 줄 사장님 둘 다 필요했죠. 저는 두 가지를 다 잘해내려고 노력하며 마음에 조금씩 병이 들어갔어요. 그러다 보니 언젠가부터는 무조건적인 지지를 해 주시는 부모님이 사라지고, 불투명한 미래를 채근하듯 걱정하는 연로한 동료들이 생긴 기분이었죠.

"하루 종일 핸드폰만 붙잡고 있고, 우리 초보 사장님은 자영업이 쉬워 보이나 봐요?"

핸드폰으로 업무를 보는 세대를 알 길 없는 부모님은 저의 행보에 의문을 가지셨어요. 온라인 농산물 커뮤니티에서 산지 직송으로 제철 재료를 받는다거나 SNS로 하는 홍보, 매번 달라지는 메뉴판을 디자인하는 일 등 일일이 나열하기도 어려운 많은 일들을 쉬지 않고 맹렬히 해나가고 있는 저에게는 아쉬운 점이었어요. 손님이 없어도 열심히 테이블을 닦고 재료를 손질하는 부모님께는 제가 하는 일이 눈에 보이지 않으니까 실망하실 이유가 충분했죠. 저에겐 또또와 부모님의 안위가 가장 중요했으니 오해받는 것이 큰 문제가 되지는 않았어요. 어차피 대표라는 건 오해라는 옷을 입고 일하는 것일 테고 개업 후 몇 달 동안은 장사가 안되었으니 이름 모를 미움은 제가 받는 편이 오히려 낫다는 판단이었어요. 그렇게 겨울과 봄, 두 계절이 말없이 흘러갔습니다.

"대표님, 잠깐 앉아보실래요. 할 말이 있어요."

또또에서 무더운 첫 여름을 보내고 있을 때, 철균 님은 저를 부르셨어요. 긍정의 말은 평소에도 자주 하시지만 중요한 이야기는 최대한 아껴서 정중하게 전달하시는 분인 걸 알기에 저는 긴장된 채로 아빠를 마주했습니다.

"실장님은 유독 더위를 많이 타서 더우면 일을 못 해요. 주방에서 숨이 막혀 헉헉거리는 걸 보면서도 왜 아무 조치를 하지 않는 건지 설명해 주세요."

보기 드물게 냉정한 표정을 한 아빠의 질문에 저는 일순간 말문이 막혔어요. 그리고 그 뒤론 마음이 무너져 무슨 대답을 했는지 기억이 나지 않아요. 저는 뭔가 잘못되었다는 생각에 대화를 일방적으로 끊고 가게에서 나와 홍제천 어귀의 주차된 차들 사이에 쭈그려 앉아 숨었어요. 집에 가면 동료들이 있기 때문에 울 수 없으니까요.

무엇이 그렇게 서러웠는지, 알 길 없는 설움이 터져 나왔어요. 아마 무더위를 맞은 또또가 저에게도 처음이기도 했고, 조용했던 두 계절을 지나 갑자기 바빠진 여름을 보내면서 더 많은 손님을 맞을 준비를 해야 했기에 재정적인 문제를 비롯해 해결해야 할 게 한두 가지가 아니었겠죠. 전자 제품 온라인 숍의 장바구니에 담아놓은 에어컨을 보며 엉엉 울었어요. '엄마를 사랑하는 마음은 나도 똑같은데, 아빠와 엄마는 한 팀이었구나. 나만 혼자였네.' 세상에서 제일 유치하고 비겁한 생각이 머릿속에 스치기도 했어요. '에어컨을 바로 살 수 없으면 쿠팡 새벽 배송으로도 바로 오는 선풍기 하나, 그거라도 사야 했는데 그걸 안 사다니…' 스스로가 실망스러워 견딜 수가 없었어요. 부모님은 동네에 선풍기를 파는 곳이 어딘지 잘 모르시기도 했고 함부로 샀다가 저에게 한마디 들을까 봐 제가 구매할 때까지 기다리셨겠죠.

"아직까진 참을 만해. 돈이 들어가니까 일단 조금 더 상황을 보자."

주방에서 땀을 흘리며 이야기하던 엄마가 생각났어요. 저는 손님들을 챙기느라 바쁘다는 핑계로 그 말을 곧이곧대로 믿고 주방 환경을 우선순위에서 미뤄왔던 게 사실이었어요.

한참을 울고 있을 때 아빠가 저를 찾아오셨어요. 처음 보는 저의 모습에 무슨 일이 생길까 봐 오토바이를 타고 가게 근처 놀이터부터 홍제천, 궁동산 아래까지 다녀오셨다는 아빠는 울고 있는 저를 꼭 안아주셨습니다. "아빠가 미안해, 미안해…" 같은 말만 반복하셨죠. 틀린 말씀을 하신 것도 아닌데 딸에게 미안하다는 말을 전하려고 오토바이로 동네방네를 다니는 아빠가 세상에 어디 있을까요. 그날 밤 저는 가녀장이 되겠다고 기를 쓰며 자신을 외롭게 만든 제가 얼마나 작은 존재였는지 인정하게 되었어요. 그리곤 한없이 넓은 아빠의 품 안에 폭 안겨 어린 시절처럼 항복해 버렸죠. 이 일로 저는 다시 태어나도 부모님의 깊은 사랑의 뒤꽁무니도 쫓아가지 못할 거라는 걸 알게 되었어요.

간절한 마음으로 의기투합해 일하는 가족 사업에서 공과 사를 구별할 수 있다고 믿었던 것이 가장 큰 잘못이었어요. 또또 안에서 일과 가족, 둘 중에 뭐가 더 중요한지 구별해서 우선순위를 갖고 행동하려 했던 건 이 사업의 토대가 되는 가족의 안위 앞에선 바보 같은 일이었죠. 결국 가족들을 존중하고 사랑하는 마음을 큰 테두리에 두고 그 안에 일과 가족을 안전하게 배치하는 것이 가족 사업의 중요한 열쇠라는 것을 알게 되었어요. 누구보다 저를 이해하려고 노력하는 가족 동료들에게 도움이 필요하면 필요하다고 이야기해야 했고, 더 외로워지기 전에 제가 하는 일들을 일로서 이해받기 위해 노력해야 했어요. 재정적으로 얼마나 어려운지, 아무것도 모르는 초보 사장이어서 장사가 잘되는 것이 감사하면서도 얼마나 두려운지를 솔직하게 말했어야 했죠. 그것이 저를 믿고 따라준 두 분에 대한 존중이자 배려의 표시였어요. 아무리 가족이라도 저의 선택에 관해 설명하지 않고 행동도 예측할 수 없게 만든다면 믿을 만한 다정한 팀원이 될 수 없으니까요.

부모님은 지금껏 그 일을 한 번도 언급하지 않으셨지

만, 저는 무더웠던 여름 주차장에서 숨어 울던 초라한 저를 기억하고 있어요. 그래서 저를 믿고 성심을 다해 일해 주시는 두 분을 위해 같은 실수를 반복하지 않으려 부단히 애쓰고 있죠. 여전히 두 분을 지키기 위해 공과 사를 오가며 매일 비밀을 만들어 오해를 사지만 이것이 사랑이라는 울타리 안에서 피어난 가족 사업의 묘미라는 것을 이제는 알고 있어요.

# 욕심 대신 추억

"8월에는 우리도 가게를 며칠 닫고 여름 워크숍을 갑시다. 바다로 가는 거 어때요?"

초봄부터 한여름까지 쉬지 않고 거의 매일 운영해 왔으니 동료들은 어린아이처럼 기뻐했어요. "대표님 생각이 그러시다면야 저도 어쩔 수 없이 참가해야겠네요. 막내는 회비 없죠?" 제일 행복해 보였던 건 70대 막내 철균 님이셨어요. "어머, 나 회사 다닌 적 없어서 워크숍 처음이야!" 흥분하신 건 조리 실장님도 마찬가지였죠.

또또의 첫 워크숍의 목적은 '또또와 멀어지기'였어요. 제가 이해한 자영업은 밤마다 도둑이 드는 곳간을 채우는 일이에요. 열심히 일할수록 이윤이 차곡차곡 쌓이지만 자고 일어나면 곳간은 기대보다 비어 있었어요. 더 큰 살림을 위한 '재투자'라는 힘세고 희망찬 도둑이 들기 때문이었죠. 그걸 알면서도 하루도 이윤을 놓치고 싶지 않아서 어떻게든 일터 곁을 맴돌며 욕심을 내게 돼요. 출근하지 않는 날엔 일 생각이라도 하면서요. '이 행운을 두고 어딜 가.

언제 끝날지도 모르는데, 책임질 식구들을 생각해야지. 주말엔 더블 보너스!' 욕심은 도돌이표 모양을 하고 일상과의 균형을 서서히 무너뜨리죠. 이런 생활이 반복되면 시간과 건강, 추억을 잃게 된다는 것을 저는 부모님을 가까이에서 지켜보며 누구보다 잘 알고 있었어요.

워크숍을 핑계로 동료들과 함께 가는 여행은 저에겐 손에 잡힐 것 같은 욕심을 뒤로하고 잠시 멈춰서 다시 오지 않을 지금을 마주하는 연습이었어요. 동시에 부지런한 1년을 보낸 서로를 칭찬하고 위로하는 포상 휴가이자 실로 오랜만에 함께하는 가족 여행이기도 했죠.

워크숍 이야기를 꺼내기 한 달 전에 미리 강원도 고성의 한 펜션을 예약해 두었어요. 그렇게 탁 트인 바다 뷰가 보이는 값비싼 숙소를 예약한 건 제 평생 처음이었죠. 술과 한식 냄새가 짙게 나는 공간에서 땀 흘리며 수고해 준 동료들에게 보기만 해도 시원한 바다를 선물하고 싶은 마음이 컸거든요. 세대가 달라 공감대 형성이 쉽지 않기에 워크숍에서 어떤 시간을 보내면 좋을까 고민하다 사진 일을 하는 친구를 포토그래퍼로 섭외했어요. 어르신들은 연로하셨고, 우리와 함께 일하는 젊은 동료들도 언제까지나 함께 일할 수는 없을 테니 영원하지 않을 지금을 기억할 방법이었죠. 먼 훗날을 생각하면 이 행운 속에서 저를 믿고 또또의 곳간을 함께 채워준 첫 동료들을 오래 간직하고 싶었어요.

"이번 워크숍에서는 영정 사진을 찍을 거예요. 어르신들은 각자 좋아하는 옷을 준비해 오셔요."

무엇보다 평생 일 근처에 머물고 지금도 딸의 가게에서 누구보다 열심히 일하시는 어르신들의 가장 젊고 건강한 시절을 남겨두면 좋겠다고 생각했어요. 또또에서 씩씩하게 근무하시는 모습을 보면 세월을 눈치채기 어렵다가도 휴무일에 여러 병원을 투어하듯 다니느라 제대로 쉬지도 못하시는 모습을 볼 때면 속절없이 흘러가는 시간이 참 야속했거든요. 그 외에도 새벽까지 일하면서도 매일 운동을 놓지 않은 존경스러운 규호 님은 보디 프로필을, 동료들 중 가장 많은 시간 동안 접객을 책임지면서 본업인 영화배우 일도 멋지게 해내는 혜연 님은 프로필 사진을 찍어두면 선물 같은 추억이 될 거라고 생각했죠.

월별 스케줄제로 로테이션 근무를 하는 또또의 특성상 직원들이 한자리에 모이는 일은 드물었기에 일터 밖 어딘가에서 함께 있다는 것만으로도 즐거웠어요. 휴게소에 들러 선글라스를 사고, 정성스레 차려진 메밀 요리를 먹고, 지역에서 유명하다는 카페에 가서 느긋하게 커피를 마셨어요. 숙소에 도착해서는 푸른 바다가 끝없이 펼쳐지는 침대에 누워 낮잠을 청하기도 하면서 밤에 일하는 또또 식구들이 드물게 한데 모여 낮 시간을 함께했습니다. 지나치게 좋았던 숙소는 영정 사진을 비롯해 동료들의 모습들을 소중히 담기에도 충분했어요.

저녁에는 빨간 한식에서 벗어나 투명한 회와 해산물을 대접하며 준비한 감사 인사와 함께 편지와 소정의 상여금이 담긴 하얀 봉투를 건넸습니다. 그 봉투에는 각자의 이름 대신 제가 생각하는 동료들의 의미를 적어두었어요. 지금의 또또가 있기까지 가장 큰 공을 세운 조리 실장님이자 엄마는 '또또의 존재의 이유', 매일 아침 신선한 재료를 위해 시장을 누비며 하루를 여는 아버지 철균 님은 '또또의 아침이슬', 각종 전자 기기부터 작은 화분까지도 굽어살피는 삼촌 규동 님은 '또또의 울타리', 어르신들과 함께 하는 사업을 두려움 없이 운영할 수 있게 저를 믿어준 첫 번째 젊은 동료 규호 님은 '또또의 첫사랑', 우리 모두를 대표해서 정성 어린 접객으로 손님들을 살펴 또또의 미래를 열어준 고마운 동료 혜연 님은 '또또의 오늘과 내일'이었어요.

무더운 여름밤, 고요한 바닷가 앞의 작은 횟집에서 어르신들은 감격의 눈물을 흘리셨어요.

"태어나서 가장 행복한 것 같아, 정말로. 열심히 일하고 떳떳한 기분으로 여행도 오고 좋은 숙소에 맛있는 음식에 이런 선물도 받다니, 이렇게 행복해도 되는 걸까? 정말 고마워, 우리 딸 사장님. 정말이야."

엄마는 장사를 하며 이렇게 살 수도 있었다는 것을 알지 못했다며 우셨어요. 우리는 깊은 밤까지도 쉬지 않고 지난 시간 동안 서로가 얼마나 근사했는지, 일이 있어서 얼마나 감사한지를 복기하며 고생한 모두를 안아주는 뜻깊은 시간을 보낼 수 있었어요. 욕심을 내려놓고 또또와 멀어져 강원도 고성까지 가야만 가능했던 순간이었죠.

가세가 기울어 또또를 시작했지만, 마음 한편에는 가족과 함께 일하면서 그동안 쌓지 못한 추억을 만들 수 있겠다는 작은 기대감이 있었어요. 어린 시절부터 부모님은 항상 눈코 뜰 새 없이 바쁘셨기에 자주 함께 시간을 보내지 못했거든요. 특히나 배달 일로 자리를 비울 수 없던 아빠는 저의 초, 중, 고등학교 졸업식에도 참석하지 못해서 못내 아쉬워하셨죠. 이제는 제가 부모님이 평생 해오던 외식업 일을 하며 가족을 책임지는 가장이 되어보니 두 분이 왜 매번 저에게 낼 시간이 없으셨는지 감히 알 것 같아요.

그래서 저는 제 욕심과는 비교할 수 없을 만큼 소중한 부모님의 모습을 기억 속에 간직하기 위해 틈틈이 또또와 멀어지는 연습을 할 거예요. 그리고 이 작은 공간에서 쉼 없이 만나고 헤어질 고마운 동료들과의 추억도 감사함으로 간직하고 싶어요.

# 홍제천의 티티카카

"또또야, 티티카카 가자! 얼른 옷 챙겨 입고 내려와."

어린 시절 부모님이 일을 일찍 마친 운 좋은 날에는 종종 가족들과 함께 호숫가에 있는 경양식 집에 나들이를 갔었어요. 식당의 상호는 대개 '티티카카', '모더니즘', '벤허', '섬'처럼 낯선 명칭이어서 가게와 집을 연결해 주는 인터폰에서 이 판타지 같은 단어들이 들려올 때면 어린 또또의 마음은 설렘으로 콩닥콩닥했습니다. 가족이 함께하는 호숫가 드라이브에는 아름다운 정경을 보며 먹는 수프와 메인 메뉴인 수제 돈가스, 후식으로 준비되는 진한 원두커피나 델몬트 오렌지주스가 있었어요. 패밀리 레스토랑이 없던 그 시절엔 가족과 함께 물가로 나가서 돈가스를 먹는 것이 가정의 화목을 상징하는 코스처럼 여겨졌죠. 기대에 부풀어 호숫가로 향하던 어린 또또의 설렘을 다시 느껴볼 수 있다면 좋을 텐데….

티티카카처럼 또또도 홍제천이 내려다보이는 위치에 있어요. 수프 대신 잡채가, 돈가스 대신 한식 안주가 있죠.

원두커피나 오렌지주스는 없지만 각종 주류와 더불어 술을 못하시는 분들이나 아이들을 위한 식혜와 수정과가 있어요. 또또는 선술집이지만 가족이 함께 운영하기에 가족적인 분위기 안에서 갓난아이부터 노인까지 모두의 입장이 환영받는 공간이에요. 너무 어려 아무것도 모르는 아기와 인생의 깊이가 남달라 쉽게 모시고 오기 어려운 흰머리 지긋한 어른이 함께 즐기는 선술집은 생각만 해도 운치가 있기에 개업할 때부터 또또의 미래 지향적인 '추구미'였어요.

이런 저의 바람이 손님들께 닿았는지 오픈하고 얼마 지나지 않아 또또는 혼술, 친구 모임, 데이트, 가족 식사 장소를 넘어 동네의 사랑방이 되기 시작했어요. 요즘에는 콕 집어 어떤 모양이 가족인지 구분하는 것이 의미가 없으니까 가족처럼 소중한 사이와 함께하기 편안한 장소로 여겨진다는 데에 큰 의미가 있었죠. 조심조심 유모차를 끌고 오시기도 하고 제일 안락한 자리를 찾아 부모님과 함께 시간을 보내시는 손님들의 모습을 홀에서 조망하듯 바라볼 때면 이 공간이 무척 자랑스럽고 따뜻하게 느껴졌어요. 해를 거듭할수록 자주 보는 손님들의 얼굴이 많아지면서 감사하게도 홍제천의 또또가 저의 기억 속 호숫가의 티티카카처럼 손님들의 추억 한 페이지를 채워가고 있다는 것을 깨달을 수 있었어요.

주기적으로 또또를 찾아주시는 손님들은 서울 생활이 낯선 어르신 동료들께 가족처럼 친근하고 반가운 얼굴이 되어주시기도 했어요. 어르신 동료들은 더 많은 손님들을 기억하기 위해 이름을 외우기 어려우면 쉽게 잊히지 않을 별명을 만들어 부르기 시작하셨죠.

푸르지오 아파트 앞에서 뽀뽀하는 것을 목격해 붙여진 '푸르지오 뽀뽀 부부', 베트남 여행을 다녀와 고사리 같은 손으로 편지와 망고 푸딩 젤리를 건네던 초등학생 손님 '다큰 지오', 빈손으로 오는 법이 없어 자식보다 더 자식 같은 손님 '고유네', 예쁜 말과 행동만 하는 60대 이웃 손님 '예쁜이 아저씨', 이웃의 또또가 소란스러울 텐데도 귀한 음식이 생기면 나누던 '키 큰 옆집 총각', 결혼식 피로연을 또또에서 한 '광화문 신혼부부', 부부끼리나 가족이 함께 오셔서 맥주를 마시는 '현기네 맥주파 손님', 한결같이 돼지 두루치기를 주문하는 '명국 씨', 꽃같이 예쁜 '꽃집 딸내미들', 광진구에서 때마다 또또로 명절을 보내러 오는 '수염 손님', 엄마가 성환 국밥집을 했어서 '성환의 딸', 철균 님에게 모자 모델을 제안해 준 '촬영 감독', 한국인보다 더 한국말을 잘하는 '스탠', 엄마와 함께 김밥집을 운영하며 퇴근 후 반주를 곁들이는 '다정한 모녀', 실장님의 나물 음식을 좋아하는 '예쁜 모델 딸', 연극 공연에 초대해 준 실장님의 '아들', 멋진 가수들의 공연에 초대해 준 '기획사님', 인사성 좋은 훤칠한 배우 손님 '범죄도시', 매번 조용히 즐기다 가서 비범했던 '빔봄네', 장사를 마치고 식사를 하러 오는 '다크랑 마', 근처에서 '롯지'라는 카페를 운영하는 '놋지', '산스'라는 브런치 카페를 운영하는 '빤스', 이 밖에도 산책하는 반려견의 이름으로 불리는 '밤이', '두목이', '설탕이', '버찌', '시루', '시몽', '마요', '순무', '로카', '사람', '루', '조죠', '여름', '탄', '옹심', '티오', '다복' 등 셀 수 없이 많은 애칭이 생겨났어요.

"옛날부터 서울 사람들은 깍쟁이라고 하지 않았어? 어떻게 이렇게 다들 나보다 친절해. 우리는 먹고살 돈도 벌고, 맛있다고 칭찬도 받고, 건강히 지내라며 응원도 받는데 돈은 되레 우리가 내야 하는 거 아니야?"

엄마는 가족 같은 손님들 곁에서 잦은 사업의 실패로 마음 한편에 새겨진 멍울을 지워가셨어요. 그리고 점차 밝고 환한 생각을 하며 건강하고 씩씩한 에너지로 일하기 시작하셨죠. 이제는 주방에서 엄마의 순수하고 맑은 웃음소리를 들을 수 있게 되었어요. 저는 희망으로 변화해 가는 가족들의 모습을 보며 이 작은 공간을 찾아주시는 모든 손님께 말로는 다 설명할 수 없는 깊은 감사의 마음을 느꼈어요.

늦게 일을 마치고 퇴근한 어느 날, 우연히 유튜브에서 KBS의 오래전 다큐멘터리 『한민족 리포트』의 '로마의 피자 아줌마 오수지' 편을 보게 되었어요. 로마에서 피자 가게를 운영하는 오수지 사장님은 이국땅에서 어려움을 겪는 부랑자들에게 피자를 나눠주고, 돈을 벌기 위해 길에서 앞치마를 판매하고 있는 부랑자 곁에 앉아선 판매 물품을 살폈죠. 조악한 무늬에 값도 비싼 앞치마를 몸에 대보던 아줌마는 웃으며 돈을 건넸어요. "열심히 사니까, 여기 2만 리라." 그리곤 카메라를 향해 말했어요.

"비싸긴 해도 뭐 돈 한 푼 갖고 내가 죽을 것도 아니고, 이 사람이 부자 될 것도 아닌데 이렇게 하면서 서로 돕죠, 뭐."

따뜻하게 서로를 바라보며 미소를 짓는 두 사람의 손엔 교환한 앞치마와 돈이 들려 있었어요. 저는 이 장면에서 마음이 시큰했어요. 왜인지 징사의 아름다운 본질을 마주한 것 같았거든요. 서로의 존재를 고마워하는 마음 아래 희망을 팔고 희망을 사는 그 특별한 거래의 장면을 몇 번이나 돌려보았죠.

가족의 선술집 또또가 많은 손님들이 찾아주시는 사랑방이 된 것은 오롯이 맛과 분위기, 공간 때문만은 아니었다고 생각해요. 생계를 위해 늦은 시간까지 활기차게 일하는 한 가족을 응원하는 마음으로 바라보는 손님들이 이 특별한 거래를 가능하게 했다는 것을 알고 있어요. 아무리 준비된 가게였어도 변함없이 찾아주시는 손님들이 없었다면 저는 지금처럼 아름다운 눈으로 지난 시절을 돌아볼 수 없었을 거예요.

"앞으로 몇 번의 크리스마스를 산타로 보낼 수 있을까? 노인네가 이런 거라도 해야지 손님들 기억에 오래 남지."

크리스마스를 맞이해 산타 복장을 하고 손님들에게 나누어 드릴 사탕을 주머니에 담으며 아빠는 말씀하셨어요.

"또 올게요. 건강하세요."

손님들은 어르신 동료들에게 말씀하시곤 하지만, 동료들은 저와 다른 시계를 차고 있기 때문에 언제까지 지금 같은 모습으로 또또를 운영할 수 있을지 모르겠어요. 다만 주어진 시간만큼은 지금처럼 가족들과 함께 희망으로 일하며 손님들의 기억 속 한 시절에 호숫가의 티티카카로 남고 싶어요.

# 에필로그

## 엄마의 이야기

반가운 우리 애기가 병원에 엄마를 어루만지며

"엄마 얼른 나아서 할 일이 있어. 나 직장 그만두었어!"

어리둥절한 나는 영문도 모른 채 '힘든 일이 있었구나' 하고 다음 얘기에 귀를 기울여야 했다. 또또는 환히 웃으면서 엄마에게 다음 얘기를 꺼내었다.

"아픈 엄마한테 할 얘기는 아니지만 난 꼭 해야 해. 엄마를 그냥 쉬게 할 수 없어. 그래야 엄마는 빨리 나을 수도. 오뚝이처럼 에너지가 뿜어나오기 때문이야."

자신도 없고 모든 상실감 속에서 나 자신과 싸우고 있을 즈음, 어두운 터널을 지나고 어떻게 매듭을 지을까 고민 속에 있는 나는 한 번 머리를 맞은 사람처럼 우리 막내 딸에게 이유를 들어야 했다.

"재능 기부. 엄마는 민자 부대찌개만 하면 돼. 나에게 모든 걸 맡겨. 걱정 마. 난 엄마를 즐겁게 행복하게 만들고

야 말 거야.”

난 웃었다. “장난이 아니야?” 반문했다. 그럼에도 내 뇌
에선

‘그래, 다시 또 진흙 속으로 들어가 보자. 잘 살아 보겠
다던 내가 이렇게 됐는데 또또라면 할 수 있을 거야. 빨리
완쾌되어 이겨보자. 그리고 난 이 아이한테 빚을 졌으니
꼭 이렇게 몸으로라도 갚아야 엄마지!’ 하고. 한숨보다는
다른 꿈을 꾸기 시작했다.

부족한 엄마도 필요할 때가 아직도 있구나 하고 내심,
또 다른 시간을, 나를 맞이할 준비를 하기 시작했고

“엄마는 음악만 듣고 나한테 모든 걸 맡겨. 분위기 좋
고, 힘들게 안 할게.”

내 또또가 저렇게 웃을 수만 있다면 뭐든 못할까. 나는
나에게 힘을 주기 시작했다.

이 글을 읽는 모든 이들께 감사하고

어차피 없던 돈은 나에게 오지는 않더라도 맛있게 먹어

주시는, 소중한 나의 한편이 되어주시는 분만 있으면 저 너머 홍제천의 물길만 봐도 답답함도, 걱정도 사라졌습니다.

성심성의껏 음식을 만들고 행복하게 가는 뒷모습만 봐도 저는 행복했습니다.

제 삶이 지쳐갈 즈음 나에게 희망과 꽃길을 인도해 준, 나의 딸로 태어나준 막내 또또는 자랑스럽고 든든한 아들 같은 여장부입니다.

또또를 사랑해 주시는 모든 분께 행복과, 또또의 바람대로 이루게 해주신 많은 분께 감사하다는 말씀으로 마무리하겠습니다.

— 또또 엄마.

p.s. 또또 사장님, 우릴 고용해 주셔서 고맙고 말 잘 듣고 더욱더 건강 챙기겠습니다.

이렇게 뒷줄에 손으라면 한수 있을거야.
박기 단래의 이건분자
그러고. 난이 아이 한테 딪을졌으니
꼭 이렇게 뭉으라고 깂아야 얺까리 ♪
하는 한숨으라느 다른꿈을 꾸기시작했다
부족한 엄가도 딸모할때가 아잉도 왔나
하고 내심. 온다를시깠는
나을 맞이한 준어 하기시작했고
그레 해 엄마으 숙약만들이 나한데
오드의 맞겨 운치기훈으 힘들께 안한께
내 표현가 저렇게 웃음수만도 있다며
읽는 물랗까. 나는 나혜게 깎으주기
시각했다. 그라 하행하 메음을 잉는
모르기 드께 깡사하고 돈을까가
어자데 얿더도은 나이게 온거느
안저라도 맛있게 먹어주싀느 한으 소중한
나의 향현이 러주시문만 있데데 저 넘어
흘지치의 울긴만 봐도 믿달항도, 걱정도
서사 서라꼇 웃싱을 맞들 행목하게 기꺴도 될앉은
으빠라고 저는 행복했슦니다

## 아빠의 이야기

건설 회사 해외 파견 직원이었던 나는 사우디 젯다 근무 중 휴가, 귀국을 했다.

평택시 안중읍 시내에서 옥동 옷을 입은 김민자를 처음 보았을 때 반해서 결혼했읍니다.

신혼의 단꿈이 꿀맛 같을 때 다시 해외 현장으로 파견 명령을 접하고 고민에 빠졌읍니다. 사랑하는 김민자와 의논 끝에 내린 결정은 퇴사였읍니다.

그리고 부인과 같이 깻묵이네 식당을 운영했읍니다. 배달도 겸한 식당입니다.

시간이 흘러 식당은 접고 평택역 후문 앞에다 또또포차를 개업했읍니다.

두 가게를 운영한 기간이 35년여. 나는 서울메트로 양천구청역에 근무하면서 퇴근해서는 평택 또또포차를 근무하고 투잡을 7년간 운영해 왔읍니다.

또다시 코로나, 메르스 팬데믹에 꿈의 열정인 또또포차를 폐업했습니다.

하늘을 원망하지 않았읍니다.

35년의 세월 속에 있던 또 다른 열정은 연희동 또또라는 마지막 도전의 기회를 주신 신께 감사드렸읍니다.

그런데 내 나이 70. 체력은 퇴화되었고.

그렇지만 꺼지지 않는 도전의 열정이 활활 타오르고 있었어요. 김민자 최철균 부부의 포기하지 않는 삶의 열정.

세대 차이의 간극을 순치시키는 내 정서로 마지막 도전을 성공시키리라, 다짐했읍니다.

헤맨 만큼 내 땅이라는 말이 있다.

결국 말이 아닌 행동으로.

35년 경험 속에서, 산 지식.

불행이 찾아오는 것은 내 힘으로 막을 수 없지만 불행에서 빠져나오는 방법을 선택하는 건 온전히 우리 가족의 몫이다.

그만두고 나서야 알게 되는 일이 더 많다.

그 길이 나에게 어떤 고통을 줬는지, 어떤 식으로 우리 가족을 닳게 했는지.

한 발짝 떨어져 보지 않으면 모르는 감정과 깨달음이 있다.

누구에게나 고유한 삶의 무게가 있다.

좀 추락하면, 그럴 수도 있지.

그래도, 살아내면 되지.

계속 다시 시작하면 되는 것이다.

과거의 나도 나고, 현재의 나도 나다.

어린 딸이 손으로 설거지하고 불 앞에서 음식을 배우는 과정을 보면서

안타깝고, 가슴 아픈 현실 속에서

아브지, 엄마는 "망연자실".

그래도 가자. 도전하자.

변하지 않은 열정이 살아 있는 한 내가 도달할 곳은

내 꿈을 이루는

내가 가고 싶었던 그곳은

사막의 오아시스. 도착했다.


― 또또 아브지 최철균

누구에게나 고유한, 삶의 무게가 있다.
좀 추락하면, 그런속도 있지.
그래도, 싸워내면 되지.
계속, 다시 시작하면 되는 것이다.
과거의 나도, 나고.
현재의 나도 나다.
어린 딸이 손으로 설것이 하고
물암에서 음식을 배우는 과정을 보면서
안타깝고, 가슴아픈, 현실속에서
아빠지, 엄마는 "망연자실."
그래도 가자. 도전하자.
변하지 않은 열정이 살아 있는 한
네가 도달한 곳은
네 꿈을 이루는
내가 가고 싶었던 그곳은
사막의 오아시스, 도착했다.
또또 아빠지 최현균

## 또또의 이야기

엄마는 온라인 세상을 알지 못해서 연재가 시작된 날에도 또또의 이야기가 세상에 나온 것을 모르셨어요. 그래서 매주 목요일이면 엄마를 앞에 모셔놓고 글을 직접 읽어드렸습니다. 다 읽어갈 즈음 엄마는 의문이라는 듯이 매번 비슷한 말씀을 하셨어요.

"매주 지난 시간을 돌아보는 것이 얼마나 가슴 아파. 다시 떠올리기도 싫은 일들로 글까지 쓰고 주방에서 씩씩하게 일하는 게 엄마는 속상해. 어떻게 되니, 그게. 나는 상상이 안 돼."

'선술집 또또'라는 가족의 사업을 설명하기 위해 저는 기억에 의존해 부모님이 불편해하실 수도 있는 우리의 과거 이야기를 꺼내야 했어요. 글을 쓴 지금의 저조차도 어린 또또의 마음이나 병상에 누워있는 엄마에게 다시 주방을 맡아달라고 했던 그때의 심정을 다 알지 못하기 때문에 두 분의 이야기를 대신 하는 것이 내내 조심스러웠어요. 그래서 또또에서 노후를 보내고 있는 두 분의 지금을 에필로그에나마 담습니다.

'내 가게에 부모님을 고용했습니다'는 세상에 없는 말 같아요. 실은 '내 욕심에도 부모님이 손을 잡아주었습니다'에 가깝습니다. 저는 부모님의 노후가 보장되지 않은 상태에서 두 분을 제 삶에서 배제하고 떳떳한 마음으로 살아갈 자신이 없었어요. 그래서 어쩌면 가진 게 많지 않아도 길가에 피어 있는 꽃 한 송이에도 반가워 눈물을 지으실 부모님의 귀중한 노후의 시간을 저에게 써달라고 욕심을 부렸습니다. 제가 한번 잘 살아보고 싶어서요. 부모님은 그런 딸을 믿고 저의 욕심에도 손을 잡아주셨어요.

제가 느끼기에 사업은 에너지를 나눌 수 있는 믿을 만한 동료와 함께 매일 성실히 일하는 것이 전부입니다. 아름다운 그 사람 하나 하나가 사업의 성패를 좌우하는 열쇠였어요. 그래서 언제든 저를 믿고 손을 잡아주는 부모님과 함께 일하는 것은 미래로 나아갈 수 있는 키를 처음부터 손에 쥐고 떠나는 감사한 여정이었습니다.

만약 저처럼 본인의 생계와 부모님의 노후를 동시에 책임져보고 싶은 분이 있다면 먼저 부모님이 나이 들어가는 것을 실시간으로 지켜볼 슬픔의 맷집을 키우셔야 해요. 부모님을 타인으로 볼 용기와 수시로 피어나는 오해를 양분 삼아 자라는 사업이니 작은 일에 울적해지지 않았으면 좋겠습니다. 부모님이 우리를 키울 때 그랬던 것처럼 아무도 희생하지 않고 가족이 함께 모여 살아갈 방법은 없다는 것을 자연스레 받아들이게 되실 거예요. 부모에게 해본 적 없는 희생은 '효'와는 별개로 처음 배우는 환희의 시작일 수 있어요. 무엇보다 이 여정은 생계를 떠나 부모와의 관계까지도 틀어질 수 있다는 두려움을 전제로 합니다. 하지만 다른 모든 사업과 마찬가지로 실패에 대한 두려움을 곁에 두고서야 만나는 눈부신 성취의 세계가 있다는 것도 기억해 주세요.

우리는 가족의 선술집에서 함께 일하며 각자 이루고 싶은 모습 하나씩은 이미 이룬 것 같아요. 엄마는 주방에서 성실히 일하며 맛있는 것을 친절하게 나누며 사는 것. 아빠는 젊은 세대와 유연하게 연결되어 성취하면서 나이 드는 것. 저는 태어나 한 번 무엇을 진하게 책임져 보는 것. 가세가 기울어 어려웠던 시기에 용기를 내어 제 가게에 부모님을 고용한 덕분에 우리 가족은 선술집의 노란 희망의 등불 아래에서 매일 또다시 꿈을 꾸고 있어요. 또또는 그래서 또또가 아닐까요?